老舍精读

谢冕 主编
解玺璋 副主编
老舍 著

读者出版社

目　录

老舍精读

济南的秋天

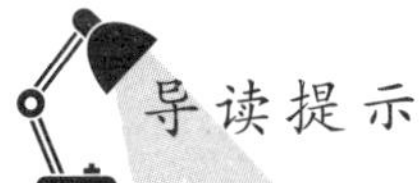

王国维说，一切景语皆情语。在这篇优美的写景散文中，作者巧妙运用了直接抒情和间接抒情的方法，突出了济南秋天的特征。同时，作者将内心缤纷复杂的情感与周围的美景完美地融合统一起来，在充满诗情画意的文字中，淋漓尽致地展现出了作者对济南深深的喜爱和赞美之情。

济南的秋天是诗境的。设若你的幻想中有个中古的老城，有睡着了的大红楼，有狭窄的古石路，有宽厚的石城墙，环城流着一道清溪，倒映着山影，岸上蹲着红袍绿裤的小妞儿。你的幻想中要是这么个境界，那便是济南。设若你幻想不出——许多人是不会幻想的——请到济南来看看吧。

请你在秋天来。那城，那河，那古路，那山影，是终年给你预备着的。可是，加上济南的秋色，济南便由古朴的画境转入静美的诗境中了。这个诗意秋光秋色是济南独有的。上帝把

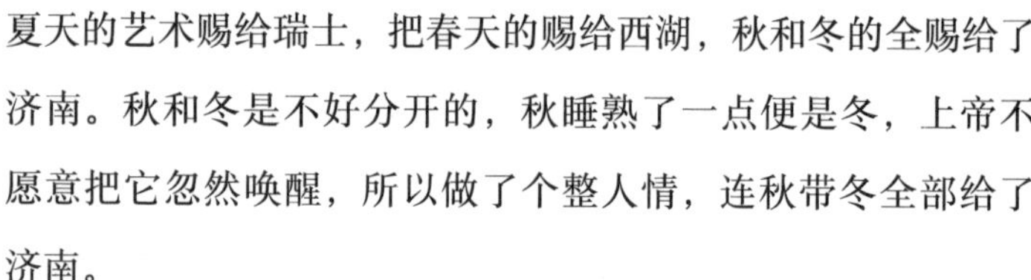

夏天的艺术赐给瑞士，把春天的赐给西湖，秋和冬的全赐给了济南。秋和冬是不好分开的，秋睡熟了一点便是冬，上帝不愿意把它忽然唤醒，所以做了个整人情，连秋带冬全部给了济南。

诗的境界中必须有山有水。那么，请看济南吧。那颜色不同，方向不同，高矮不同的山，在秋色中便越发的不同了。以颜色说吧，山腰中的松树是青黑的，加上秋阳的斜射，那片青黑便多出些比灰色深，比黑色浅的颜色，把旁边的黄草盖成一层灰中透黄的阴影。山脚是镶着各色条子的，一层层的，有的黄，有的灰，有的绿，有的似乎是藕荷色儿。山顶的色儿也随着太阳的转移而不同。山顶的颜色不同还不重要，山腰中的颜色不同才真叫人想作几句诗。山腰中的颜色是永远在那儿变化，特别是在秋天，那阳光能够忽然清凉一会儿，忽然又温暖一会儿，这个变动并不激烈，可是山上的颜色也觉得出这个变化，而立刻随着变换。忽然黄色更真了一些，忽然又暗了一些，忽然像有层看不见的薄雾在那儿流动，忽然像有股细风替“自然”调和着彩色，轻轻地抹上一层各色俱全而全是淡美的色道儿。有这样的山，再配上那蓝的天，晴暖的阳光；蓝得像要由蓝变绿了，可又没完全绿了；晴暖得像要发燥了，可是有点凉风，正和诗一样的温柔；这便是济南的秋。况且因为颜色的不向，那山的高低也更显然了，高的更高了些，低的更低了些，山的棱角曲线在晴空中更真了，更分明了，更瘦硬了。看

山顶上那个塔！

再看水。以量说，以质说，以形式说，哪儿的水能比济南？有泉——到处是泉——有河，有湖，这是由形式上分。不管是泉是河是湖，全是那么清，全是那么甜，哎呀，济南是“自然”的情人吧？大明湖夏日的莲花，城河的绿柳，自然是好美的了。可是看水，是要看秋水的。济南有秋山，又有秋水，这个秋才算个秋，因为秋神是在济南住家的。先不用说别的，只说水中的绿藻吧。那份儿绿色，除了上帝心中的绿色，恐怕没有别的东西能比拟的。这种鲜绿全借着水的清澄显露出来，好像美人借着镜子鉴赏自己的美。是的，这些绿藻是自己享受那水的甜美呢，不是为谁看的，它们知道它们那点绿的心事，它们终年在那儿浮着水波，做着绿色的香梦。淘气的鸭子，用黄金的脚掌碰它们一两下；浣女的影儿，吻它们的绿叶一两下。只有这个，是它们香甜的烦恼。羡慕死诗人呀！

在秋天，水和蓝天一样的清凉。天上微微有些白云，水上微微有些波皱。天水之间，全是清明，温暖的空气，带着一点桂花的香味。山影儿也更真了。秋山秋水虚幻地吻着。山儿不动，水儿微响。那中古的老城，带着这片秋色秋声，是济南，是诗。

读与思

有人说，现在的四季越来越不分明，夏天不热，冬天不冷，春天和秋天更是短得一瞬即逝，还没来得及感受就过去了。也有人说，四季还是那个四季，只是我们长久地住在城市中，夏有空调，冬有暖气，对季节失去了敏锐性，越来越体会不到四季交替的美感。你是如何看待这个问题的呢？不妨和朋友讨论一下。

春风

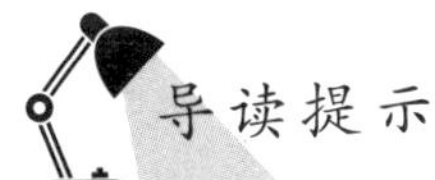

本文名为“春风”，为什么会在文字中对济南和青岛的秋天的描写，下了很多笔墨？其实这是为了反衬春风的寒意，突出两地令人不快的春风，给作者以痛苦而又无可奈何的感受。文中运用了拟人、比喻等修辞手法，形象生动地写出了两地的差异，让读者感同身受，随着作者一起想要找个“避风”的好地方。

济南与青岛是多么不相同的地方呢！一个设若比作穿肥袖马褂的老先生，那一个便应当是摩登的少女。可是这两处不无相似之点。拿气候说吧，济南的夏天可以热死人，而青岛是有名的避暑所在；冬天，济南也比青岛冷。但是，两地的春秋颇有点相同。济南到春天多风，青岛也是这样；济南的秋天是长而晴美，青岛亦然。

对于秋天，我不知应爱哪里的：济南的秋是在山上，青岛的是海边。济南是抱在小山里的；到了秋天，小山上的草色在黄绿之间，松是绿的，别的树叶差不多都是红与黄的。就是那没树木的山上，也增多了颜色——日影、草色、石层，三者能配合出种种的条纹、种种的影色。配上那光暖的蓝空，我觉到一种舒适安全，只想在山坡上似睡非睡地躺着，躺到永远。

青岛的山——虽然怪秀美——不能与海相抗，秋海的波还是春样的绿，可是被清凉的蓝空给开拓出老远，平日看不见的小岛清楚地点在帆外。这远到天边的绿水使我不愿思想而不得不思想；一种无目的的思虑，要思虑而心中反倒空虚了些。济南的秋给我安全之感，青岛的秋引起我甜美的悲哀。我不知应当爱哪个。

两地的春可都被风给吹毁了。所谓春风，似乎应当温柔，轻吻着柳枝，微微吹皱了水面，偷偷地传送花香，同情地轻轻掀起禽鸟的羽毛。济南与青岛的春风都太粗猛。济南的风每每在丁香、海棠开花的时候把天刮黄，什么也看不见，连花都埋在黄暗中，青岛的风少一些沙土，可是狡猾，在已很暖的时节忽然来一阵或一天的冷风，把一切都送回冬天去，棉衣不敢脱，花儿不敢开，海边翻着愁浪。

两地的风都有时候整天整夜地刮。春夜的微风送来雁叫，使人似乎多些希望。整夜的大风，门响窗户动，使人不英雄地把头埋在被子里；即使无害，也似乎不应该如此。对于我，特别觉得难堪。

我生在北方，听惯了风，可也最怕风。听是听惯了，因为听惯才知道那个难受劲儿。它老使我坐卧不安，心中游游摸摸的，干什么不好，不干什么也不好。它常常打断我的希望：听见风响，我懒得出门，觉得寒冷，心中渺茫。春天仿佛应当有生气，应当有花草，这样的野风几乎是不可原谅的！

我倒不是个弱不禁风的人，虽然身体不很足壮。我能受苦，只是受不住风。别种的苦处，多少是在一个地方，多少有个原因，多少可以设法减除；对风是干没办法。总不在一个地方，到处随时使我的脑子晃动，像怒海上的船。

它使我说不出为什么苦痛，而且没法子避免。它自由地刮，我死受着苦。我不能和风去讲理或吵架。单单在春天刮这样的风！可是跟谁讲理去呢？苏杭的春天应当没有这不得人心的风吧？我不准知道，而希望如此。好有个地方去“避风”呀！

读与思 

任何事物都有两面性。夏天阳光虽然好，可未免有些燥热；冬天的雪花虽然美丽，却又让人忍受寒冷的折磨；春秋天气倒是宜人，可春困秋乏，人容易困倦……所以，面对一件事物，我们既要接受它的优点，也要包容它的缺点。你说对吗？

想北平

老舍是一位“北京味儿”很浓的作家。他生在北京，长在北京，一生中有42年是在北京度过的，也因此老舍对北京有着很深的感情。《想北平》这篇散文语言通俗、简洁。通白的文字特点加强了作品的生活气息，使它亲切感人。正如老舍所说：“我的文章写得那样白，那样俗，好像毫不费力，实际上，那不定改了多少遍。”

设若让我写一本小说，以北平作背景，我不至于害怕，因为我可以捡着我知道的写，而躲开我所不知道的。但要让我把北平一一道来，我没办法。北平的地方那么大，事情那么多，我知道的真觉太少了，虽然我生在那里，一直到廿七岁才离开。以名胜说，我没到过陶然亭，这多可笑！以此类推，我所知道的那点只是“我的北平”，而我的北平大概等于牛的一毛。

可是，我真爱北平。这个爱几乎是要说而说不出的。我爱我的母亲。怎样爱？我说不出。在我想做一件讨她老人家喜欢

的事情的时候，我独自微微地笑着；在我想到她的健康而不放心的时候，我欲落泪。语言是不够表现我的心情的，只有独自微笑或落泪才足以把内心揭露在外面一些来。我之爱北平也近乎这个。夸奖这个古城的某一点是容易的，可是那就把北平看得太小了。我所爱的北平不是枝枝节节的一些什么，而是整个儿与我的心灵相黏合的一段历史，一大块地方，多少风景名胜，从雨后什刹海的蜻蜓一直到我梦里的玉泉山的塔影，都积凑到一块，每一小的事件中有个我，我的每一思念中有个北平，这只有说不出而已。

真愿成为诗人，把一切好听好看的字都浸在自己的心血里，像杜鹃似的啼出北平的俊伟。啊！我不是诗人！我将永远道不出我的爱，一种像由音乐与图画所引起的爱。这不但是辜负了北平，也对不住我自己，因为我的最初的知识与印象都得自北平，它是在我的血里，我的性格与脾气里有许多地方是这古城所赐给的。我不能爱上海与天津，因为我心中有个北平。可是我说不出来！

伦敦，巴黎，罗马与堪司坦丁堡，曾被称为欧洲的四大“历史的都城”。我知道一些伦敦的情形；巴黎与罗马只是到过而已；堪司坦丁堡根本没有去过。就伦敦、巴黎、罗马来说，巴黎更近似北平——虽然“近似”两字要拉扯得很远——不过，假使让我“家住巴黎”，我一定会和没有家一样的感到寂苦。巴黎，据我看，还太热闹。自然，那里也有空旷静寂的地方，可是又未免太旷；不像北平那样既复杂而又有个边际，使我能摸着——那长着红酸枣的老城墙！面向着积水滩，背后是城墙，坐在石上看水中的小蝌蚪或苇叶上的嫩蜻蜓，我可以快乐地坐一天，心中完全安适，无所求也无可怕，像小儿安睡在摇篮里。是的，北平也有热闹的地方，但是它和太极拳相似，动中有静。巴黎有许多地方使人疲乏，所以咖啡与酒是必要的，以便刺激；在北平，有温和的香片茶就够了。

论说巴黎的布置已比伦敦罗马匀调得多了，可是比上北平还差点事儿。北平在人为之中显出自然，几乎是什么地方既不挤得慌，又不太僻静：最小的胡同里的房子也有院子与树；最空旷的地方也离买卖街与住宅区不远。这种分配法可以算——在我的经验中——天下第一了。北平的好处不在处处设备得完全，而在它处处有空儿，可以使人自由的喘气；不在有好些美丽的建筑，而在建筑的四周都有空闲的地方，使它们成为美景。每一个城楼，每一个牌楼，都可以从老远就看见。况且在街上还可以看见北山与西山呢！

好学的，爱古物的，人们自然喜欢北平，因为这里书多古物多。我不好学，也没钱买古物。对于物质上，我却喜爱北平的花多菜多果子多。花草是种费钱的玩艺，可是此地的“草花儿”很便宜，而且家家有院子，可以花不多的钱而种一院子花，即使算不了什么，可是到底可爱呀。墙上的牵牛，墙根的靠山竹与草茉莉，是多么省钱省事而也足以招来蝴蝶呀！至于青菜、白菜、扁豆、毛豆角、黄瓜、菠菜等，大多数是直接由城外担来而送到家门口的。雨后，韭菜叶上还往往带着雨时溅起的泥点。青菜摊子上的红红绿绿几乎有诗似的美丽。果子有不少是由西山与北山来的，西山的沙果，海棠，北山的黑枣，柿子，进了城还带着一层白霜儿呀！哼，美国的橘子包着纸，遇到北平的带霜儿的玉李，还不愧杀！

是的，北平是个都城，而能有好多自己产生的花，菜，水果，这就使人更接近了自然。从它里面说，它没有像伦敦的那些成天冒烟的工厂；从外面说，它紧连着园林，菜圃与农村。采菊东篱下，在这里，确是可以悠然见南山的；大概把“南”字变个“西”或“北”，也没有多少了不得的吧。像我这样的一个贫寒的人，或者只有在北平能享受一点清福了。

好，不再说了吧；要落泪了，真想念北平呀！

读与思 

面对喜欢的事物，我们总是越看越喜欢，并忍不住夸赞。但《礼记·大学》里有一句话：好而知其恶，恶而知其美。对于你喜欢的人或者事物，要了解他的缺点，不可过于偏袒；对于你所讨厌的人或者事物，要去了解他的优点，不可全部抹杀。你觉得自己可以做到吗？不妨和朋友交流一下吧！

五月的青岛

这是一篇关于青岛的旅游“宣传片”，内容写到了青岛的环境和地理地貌以及气候，当然还有青岛人和青岛丰富多彩的五月。这篇散文充满诗情画意，情景交融。作者通过两幅自然风景画和三幅社会风俗画的描写，尽情地赞美了青岛的美丽，字里行间渗透着作者深沉的爱国之情。文章构思精巧，意境壮美，语言清丽，极具艺术匠心。

因为青岛的节气晚，所以樱花照例是在四月下旬才能盛开。樱花一开，青岛的风雾也挡不住草木的生长了。海棠，丁香，桃，梨，苹果，藤萝，杜鹃，都争着开放，墙角路边也都有了嫩绿的叶儿。五月的岛上，到处花香，一清早便听见卖花声。

公园里自然无须说了，小蝴蝶花与桂竹香们都在绿草地上用它们的娇艳的颜色结成十字，或绣成几团；那短短的绿树篱

上也开着一层白花，似绿枝上挂了一层春雪。就是路上两旁的人家也少不得有些花草：围墙既矮，藤萝往往顺着墙把花穗儿悬在院外，散出一街的香气：那双樱，丁香，都能在墙外看到，双樱的明艳与丁香的素丽，真是足以使人眼明神爽。山上有了绿色，嫩绿，所以把松柏们比得发黑了一些。谷中不但填满了绿色，而且颇有些野花，有一种似紫荆而色儿略略发蓝的，折来很好插瓶。

青岛的人怎能忘下海呢，不过，说也奇怪，五月的海仿佛特别的绿，特别的可爱。也许是因为人们心里痛快吧？看一眼路旁的绿叶，再看一眼海，真的，这才明白了什么叫做“春深似海”。绿，鲜绿，浅绿，深绿，黄绿，灰绿，各种的绿色，联接着，交错着，变化着，波动着，一直绿到天边，绿到山脚，绿到渔帆的外边去。风不凉，浪不高，船缓缓的走，燕低低的飞，街上的花香与海上的咸味混到一处，浪漾在空中，水在面前，而绿意无限，可不是，春深似海！欢喜，要狂歌，要跳入水中去，可是只能默默无言，心好像飞到天边上那将将能看到的小岛上去，一闭眼仿佛还看见一些桃花。人面桃花相映红，必定是在那小岛上。

这时候，遇上风与雾便还须穿上棉衣，可是有一天忽然响晴，夹衣就正合适。但无论怎说吧，人们反正都放了心——不会大冷了，不会。妇女们最先知道这个，早早地就穿出利落的新装，而且决定不再脱下去。海岸上，微风吹动少女们的发与衣，何必再去到电影院中找那有画意的景儿呢！这里的初春浅夏合响，风里带着春寒，而花草山水又似初夏，意在春而景如夏，姑娘们总先走一步，迎上前去，跟花们竞争一下，女性的伟大几乎不是颓废诗人所能明白的。

人似乎随着花草都复活了，学生们特别的忙：换制服，开运动会，到崂山丹山旅行，服劳役。本地的学生忙，别处的学生也来参观，几个，几十，几百，打着旗子来了，又排着队走开，男的，女的，先生，学生，都累得满头是汗，而仍不住地向那大海丢眼。学生以外，该数小孩最快活，笨重的衣服脱去，可以到公园跑跑了；一冬天不见猴子了，现在又带着花生去喂猴子，看鹿。拾花瓣，在草地上打滚：妈妈说了，过几天还有大红樱桃吃呢！

马车都新油饰过，马虽依然清瘦，而车辆体面了许多，好做一夏天的买卖呀。新油过的马车穿过街心，那专做夏天生意的咖啡馆，酒馆，旅社，饮冰室，也找来油漆匠，扫去灰尘，油饰一新。油漆匠在脚手架上忙，路旁也增多了由各处来的舞女。预备呀，忙碌呀，都红着眼等着那避暑的外国战舰与各处的阔人。多处浴场上有了人影与小艇，生意便比花草还茂盛呀。到那时候，青岛几乎不属于青岛的人了，谁的钱多谁更威风，汽车的眼是不会看山水的。那么，且让我们自己尽量地欣赏五月的青岛吧！

读与思

随着国内旅游业的发展以及游客人数的增多，很多旅游景点都衍生出了相关的旅游周边，各要素相互交织形成了一个紧密的旅游产业链。有人觉得这样为游客提供了更周全、细致的服务；也有人这是对景点的过度开发，会对景点造成破坏。你支持哪种说法？不妨和朋友讨论一下。

大明湖之春

老舍先生的散文作品堪称一流，这篇《大明湖之春》就是其中很具有代表性的一篇。作者用他本人独特的语言技巧，为读者勾勒出一副与众不同的北国之春的画卷。读者仿佛置身其中，既能领略这种独特语言的美，也感受到了沉浸在春天里浮想联翩的惬意。“大明湖既不大，又不明，也不湖”等处体现了作者文笔的幽默，令人不禁莞尔。

北方的春本来就不长，还往往被风七手八脚地刮了走。济南的桃李、丁香与海棠什么的，差不多年年被黄风吹得一干二净，地暗天昏，落花与黄沙卷在一处，再睁眼时，春已过去了！记得有一回，正是丁香乍开的时候，也就是下午两三点钟吧，屋中就非点灯不可了，风是一阵比一阵大，天色由灰而黄，而深黄，而黑黄，而漆黑，黑得可怕。第二天去看院中的两株紫丁香，花已像煮过一回，嫩叶几乎全破了！济南的秋

冬，风倒很少，大概都留在春天刮呢。

有这样的风在这儿等着，济南简直可以说没有春天；那么，大明湖之春更无从说起。

济南的三大名胜，名字都起得好：千佛山，趵突泉，大明湖，都多么响亮好听！一听到“大明湖”这三个字，便联想到春光明媚和湖光山色等等，而心中浮现出一幅美景来，事实上，可是，它既不大，又不明，也不湖。

湖中现在已不是一片清水，而是用坝划开的多少块“地”。“地”外留着几条沟，游艇沿沟而行，即是逛湖。水因不需要多么深的水，所以水黑而不清；也不要急流，所以水定而无波。东一块莲，西一块蒲，土坝挡住了水，蒲苇又遮住了莲，一望无景，只见高高低低的“庄稼”。艇行沟内，如穿高粱地然，热气腾腾，碰巧了还臭气烘烘。夏天总算还好。假若水不太臭，多少总能闻到一些荷香，而且必能看到些绿叶儿。春天，则下有黑汤，旁有破烂的土坝；风又那么野，绿柳新蒲东倒西歪，恰似挣命。所以，它既不大，又不明，也不湖。

话虽如此，这个湖到底得算个名胜。湖之不大与不明，都因为湖已不湖。假若能把“地”都收回，拆开土坝，挖深了湖身，它当然可以马上既大且明起来：湖面原本不小，而济南又有的是清凉的泉水呀。这个，也许一时做不到。不过，即使做不到这一步，就现状而言，它还应当算作名胜。北方的城市，要找有这么一片水的，真是好不容易了。千佛山满可以不算数儿，配作个名胜与否简直没多大关系，因为山在北方不是什么难找的东西呀。水，太难找了。济南城内据说有七十二泉，城外有河，可是还非有个湖不可。泉，池，河，湖，四者俱备。这才显出济南的特色与可贵。它是北方唯一的“水城”，这个湖是少不得的。设若我们游湖时，只见沟而不见湖，请到高处去看看吧，比如在千佛山上往北眺望，则见城北灰绿绿的一片——大明湖；城外，华鹊二山夹着弯弯的一道亮光儿——黄河。这才明白了济南的不凡，不但有水，而且是这样多呀。

况且，湖景若无可观，湖山的出产可是很名贵呀。懂得什么叫作美的人或者不如懂得什么好吃的人多吧，游过苏州的往往只记得此地的点心，逛过西湖的提起来便念道那里的龙井茶、藕粉与莼菜什么的。吃到肚子里的也许比一过眼的美景更容易记住，那么大明湖的蒲菜，茭白，白花藕，还真许是它驰名天下的重要原因呢。不论怎么说吧，这些东西既都是水产，多少总带着些南国风味；在夏天，青菜挑子上带着一束束的大白莲花蓇葖出卖，在北方大概只有济南能这么“阔气”。

我写过一本小说——《大明湖》——在“一·二八”与商务印书馆一同被火烧掉了。记得我描写过一段大明湖的秋景，词句全想不起来了，只记得是什么什么秋。桑子中先生给我画过一张油画，也画的是大明湖之秋，现在还在我的屋中挂着。我写的，他画的，都是大明湖，而且都是大明湖之秋，这里大概有点意思。对了，只是在秋天，大明湖才有些美呀，济南的四季，唯有秋天最好，晴暖无风，处处明朗。这时候，请到城墙上走走，俯视秋湖，败柳残荷，水平如镜；唯其是秋色，所以连那些残破的土坝也似乎正与一切景物配合：土坝上偶有一两截断藕，或一些黄叶的野蔓，配着三五枝芦花，确是有些画意。“庄稼”已都收了，湖显着大了许多，大了当然也就显着明。不仅是湖宽水净，显着明美，抬头向南看，半黄的千佛山就在前面，开元寺那边的“橛子”——大概是个塔吧——静静的立在山头上。往北看，城外的河水很清，菜畦中还生着短短的绿叶。往南往北，往东往西，看吧，处处空阔明朗，有山有湖，有城有河，到这时候，我们真得到个“明”字了。

桑先生那张画便是在北城墙上画的，湖边只有几株秋柳，湖中只有一只游艇，水作灰蓝色，柳叶儿半黄。湖外，他画上了千佛山；湖光山色，联成一幅秋图，明朗，素净，柳梢上似乎吹着点不大能觉出来的微风。

对不起，题目是大明湖之春，我却说了大明湖之秋，可谁叫亢德先生出错了题呢！

读与思

“保护环境，文明出行”听起来似乎是一个很大的议题，但其实落实到每个人身上却又很简单，遵守当地的规则，不乱扔垃圾，不破坏景点的事物。如果每个人都做到这些，那么，景点的环境就会变得越来越美。你说对吗？

可爱的成都

老舍的散文文笔手法细腻，结构精巧，语言流畅优美，渗透着作者丰富的社会生活和复杂的内心世界。这篇《可爱的成都》也是如此，作者列举了成都“可爱”的原因，在字里行间流露出了对成都的热爱，也让读者体会到了那个年代文人心怀国家命运、以天下为己任的爱国情怀。

到成都来，这是第四次。第一次是在四年前，住了五六天，参观全城的大概。第二次是在三年前，我随同西北慰劳团北征，路过此处，故仅留二日。第三次是慰劳归来，在此小住，留四日，见到不少的老朋友。这次——第四次——是受冯焕璋先生之约，去游灌县与青城山，由上山下来，顺便在成都玩几天。

成都是个可爱的地方。对于我，它特别的可爱，因为：

（一）我是北平人，而成都有许多与北平相似之处，稍稍使我减去些乡思。到抗战胜利后，我想，我总会再来一次，多住些时候，写一部以成都为背景的小说。在我的心中，地方好像也都像人似的，有个性格。我不喜上海，因为我抓不住它的性格，说不清它到底是怎么一回事。我不能与我所不明白的人交朋友，也不能描写我所不明白的地方。对成都，真的，我知道的事情太少了；但是，我相信会借它的光儿写出一点东西来。我似乎已看到了它的灵魂，因为它与北平相似。

（二）我有许多老友在成都。有朋友的地方就是好地方。这诚然是个人的偏见，可是恐怕谁也免不了这样去想吧。况且成都的本身已经是可爱的呢。八年前，我曾在齐鲁大学教过书。七七抗战后，我由青岛移回济南，仍住齐大。我由济南流亡出来，我的妻小还留在齐大，住了一年多。齐大在济南的校舍现在已被敌人完全占据，我的朋友们的一切书籍器物已被劫一空，那么，今天又能在成都会见共患难的老友，是何等的快乐呢！衣物，器具，书籍，丢失了有什么关系！我们还有命，还能各守岗位的去忍苦抗敌，这就值得共进一杯酒了！抗战前，我在山东大学也教过书。这次，在华西坝，无意中的也遇到几位山大的老友，“惊喜欲狂”一点也不是过火的形容。一个人的生命，我以为，是一半儿活在朋友中的。假若这句话没有什么错误，我便不能不“因人及地”地喜爱成都了。啊，这里还有几十位文艺界的友人呢！与我的年纪差不多的，如郭子杰、叶圣陶、陈翔鹤、诸先生，握手的时节，不知为何，不由得就彼此先看看头发——都有不少根白的了，比我年纪轻一点的呢，虽然头发不露痕迹，可是也显着削瘦，霜鬓瘦脸本是应该引起悲愁的事，但是，为了抗战而受苦，为了气节而不肯折腰，瘦弱衰老不是很自然的结果么？这真是悲喜俱来，另有一番滋味了！

（三）我爱成都，因为它有手有口。先说手，我不爱古玩，第一因为不懂，第二因为没有钱。我不爱洋玩艺儿，第一因为它们洋气十足，第二因为没有美金。虽不爱古玩与洋东西，但是我喜爱现代的手造的相当美好的小东西。假若我们今天还能制造一些美好的物件，便是表示了我们民族的爱美性与创造力仍然存在，并不逊于古人。中华民族在雕刻，图画，建筑，制铜，造瓷……上都有特殊的天才。这种天才在造几张纸，制两块墨砚，打一张桌子，漆一两个小盒上都随时地表现出来。美的心灵使他们的手巧。我们不应随便丢失了这颗心。因此，我爱现代的手造的美好的东西。北平有许多这样的好东西，如地毯，珐琅，玩具……但是北平还没有成都这样多。成都还存着我们民族的巧手。我绝对不是反对机械，而只是说，我们在大的工业上必须采取西洋方法，在小工业上则须保存我们的手。谁知道这二者有无调谐的可能呢？不过，我想，人类文化的明日，恐怕不是家家造大炮，户户有坦克车，而是要以真理代替武力，以善美代替横暴。果然如此，我们便应想一想是否该把我们的心灵也机械化了吧？次说口：成都人多数健谈。文化高

的地方都如此，因为“有”话可讲。但是，这且不在话下。

这次，我听到了川剧，洋琴，与竹琴。川剧的复杂与细腻，在重庆时我已领略了一点。到成都，我才听到真好的川剧。很佩服贾佩之、萧楷成、周企何诸先生的口。我的耳朵不十分笨，连昆曲——听过几次之后——都能哼出一句半句来。可是，已经听过许多次川剧，我依然一句也哼不出。它太复杂，在牌子上，在音域上，恐怕它比任何中国的歌剧都复杂得好多。我希望能用心地去学几句。假若我能哼上几句川剧

来，我想，大概就可以不怕学不会任何别的歌唱了。竹琴本很简单，但在贾树三的口中，它变成极难唱的东西。他不轻易放过一个字去，他用气控制着情，他用“抑”逼出“放”，他由细嗓转到粗嗓而没有痕迹。我很希望成都的口，也和它的手一样，能保存下来。我们不应拒绝新的音乐，可也不应把旧的扫灭。恐怕新旧相通，才能产生新的而又是民族的东西来吧。

还有许多话要说，但是很怕越说越没有道理，前边所说的那一点恐怕已经是胡涂话啊！且就这机会谢谢侯宝璋先生给我在他的客室里安了行军床，吴先忧先生领我去看戏与洋琴，文协分会会员的招待，与朋友们的赏酒饭吃！

读与思

爱国羞不羞耻？爱国要不要表达出来？爱国不羞耻，爱国是光荣的，爱自己的国家就要表达出来。列宁说，爱国主义就是千百年来固定下来的对自己祖国的一种最深厚的感情。其实，爱国不仅是一种感情，爱国更是一种信念感、责任感和为自己的国家努力付出的行为。我们每个人都应该热爱自己的祖国，为祖国的繁荣、富强、独立而做出自己的贡献。你是如何看待这个问题的？不妨和朋友讨论一下。

吃莲花的

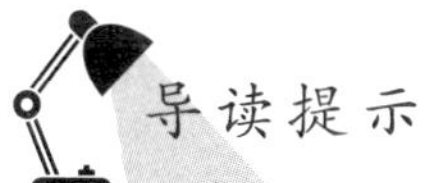

读老舍先生的《吃莲花的》，会忍不住笑出声来。这篇文章文风朴实、语言朴素，却写得幽默诙谐，生动有趣。作者构思奇妙，埋下了两处伏笔——“这且不提”。作者不动声色，读者稀里糊涂，只管跟着往下读，直到最后，作者等着赏花作诗时，却发现荷花已经被友人当做了“盘中餐”。这时谜底揭开，读者恍然大悟，不由忍俊不禁，拍手称妙。

今年我种了两盆白莲。盆是由北平搜寻来的，里外包着绿苔，至少有五六十岁。泥是由黄河拉来的。水用趵突泉的。只是藕差点事，吃剩下来的菜藕。好盆好泥好水敢情有妙用，菜藕也不好意思了，长吧，开花吧，不然太对不起人！居然，拔了梗，放了叶，而且开了花。一盆里七八朵，白的！只有两朵，瓣尖上有点红，我细细的用檀香粉给涂了涂，于是全白。作诗吧，除了作诗还有什么办法？专说“亭亭玉立”这四个字

就被我用了七十五次，请想我作了多少首诗吧！

这且不提。好几天了，天天门口卖菜的带着几把儿白莲。最初，我心里很难过。好好的莲花和茄子冬瓜放在一块，真！继而一想，若有所悟。啊，济南名士多，不能自己“种”莲，还不“买”些用古瓶清水养起来，放在书斋？是的，一定是这样。

这且不提。友人约游大明湖，“去买点莲花来！”他说。“何必去买，我的两盆还不可观？”我有点不痛快，心里说，“我自种的难道比不上湖里的？真！”况且，天这么热，游湖更受罪，不如在家里，煮点毛豆角，喝点莲花白，作两首诗，以自种白莲为题，岂不雅妙？友人看着那两盆花，点了点头。我心里不用提多么痛快了；友人也很雅哟！除了作新诗向来不肯用这“哟”，可是此刻非用不可了！我忙着吩咐家中煮毛豆角，看看能买到鲜核桃不。然后到书房去找我的诗稿。友人静立花前，欣赏着哟！

这且不提。及至我从书房回来一看，盆中的花全在友人手里握着呢，只剩下两朵快要开败的还在原地未动。我似乎忽然中了暑，天旋地转，说不出话。友人可是很高兴。他说：“这几朵也对付了，不必到湖中买去了。其实门口卖菜的也有，不过没有湖上的新鲜便宜。你这些不很嫩了，还能对付。”他一边说着，一边奔了厨房。“老田，”他叫着我的总管事兼厨子：“把这用好香油炸炸。外边的老瓣不要，炸里边那嫩的。”老田

是我由北平请来的，和我一样不懂济南的典故，他以为香油炸莲瓣是什么偏方呢。“这治什么病，烫伤？”他问。友人笑了。“治烫伤？吃！美极了！没看见菜挑子上一把一把儿的卖吗？”

这且不提。还提什么呢，诗稿全烧了，所以不能附录在这里。

读与思

对待同一件事物的态度不同、追求不同，就会做出不同的反应来。有人习惯从精神的角度看待事物，关注它们的审美性；有人则习惯以物质的态度看待事物，关注的是它们的实用性。这就是所谓的“精神文明”和“物质文明”吧。你更喜欢哪种方式？你的理由是什么呢？

济南的药集

对于济南，老舍是有着深厚的感情的。在他的笔下，济南的山水独一无二，字里行间都充满了欣赏和赞美。同时，正因为爱之深，所以责之切。面对济南社会的灰暗、落后和民众的愚昧、麻木，老舍又表现出了惋惜之情。在这篇《济南的药集》中，老舍用幽默冷峻的笔调，对药集进行了讽刺和调侃，但这种讽刺是善意的，是一种含泪的微笑。

今年的药集是从四月廿五日起，一共开半个月——有人说今年只开三天，中国事向来是没准儿的。地点在南券门街与三和街。这两条街是在南关里，北口在正觉寺街，南头顶着南围子墙。

喝！药真多！越因为我不认识它们越显着多！

每逢我到大药房去，我总以为各种瓶子中的黄水全是硫酸，白的全是蒸馏水，因为我的化学知识只限于此。但是药房的小瓶小罐上都有标签，并不难于检认；假若我害头疼，而药房的人给我硫酸喝，我决不会答应他的。到了药集，可是真没有法儿了！一捆一捆，一袋一袋，一包一包，全是药材，全没有标签！而且买主只问价钱，不问名称，似乎他们都心有成“药”；我在一旁参观，只觉得腿酸，一点知识也得不到！

但是，我自有办法。桔皮，干向日葵，竹叶，荷梗，益母草，我都认得；那些不认识的粗草细草长草短草呢？好吧，长的都算柴胡，短的都算——什么也行吧。看那柴胡，有多少种呀；心中痛快多了！

关于动物的，我也认识几样：马蜂窝，整个的干龟，蝉蜕，僵蚕，还有椿蹦儿。这每一样的药名和拉丁名，我全不知道，只晓得这是椿树上的飞虫，鲜红的翅儿，翅上有花点，很好玩，北平人管它们叫椿蹦儿；它们能治什么病呢？还看见了羚羊，原来是一串黑亮的小球；为什么羚羊应当是小黑球呢？也许有人知道。还有两对狗爪似的东西，莫非是熊掌？犀角没有看见，狗宝，牛黄也不知是什么样子，设若牛黄应像干倭瓜，我确是看见了好几个貌似干倭瓜的东西。最失望的是没有看见人中黄，莫非药铺的人自己能供给，所以集上无须发售吧？也许是用锦匣装着，没能看到？

矿物不多，石膏，大白，是我认识的；有些大块的红石头便不晓得是什么了。

草药在地上放着，熟药多在桌上摆着。万应锭，狗皮膏之

类，看看倒还漂亮。

此外还有非药性的东西，如草纸与东昌纸等；还有可作药用也可作食品的东西，如山楂片，核桃，酸枣，莲子，薏仁米等。大概那些不识药性的游人，都是为买这些东西来的。价钱确是便宜。

我很爱这个集：第一，我觉得这里全是国货；只有人参使我怀疑有洋参的可能，那些种柴胡和那些马蜂窝看着十二分道地，决不会是舶来品。第二，卖药的人们非常安静，一点不吵不闹；也非常的和蔼，虽然要价有点虚谎，可是还价多少总不出恶声。第三，我觉得到底中国药（应简称为“国药”）比西洋药好，因为“国药”吃下去不管治病与否，至少能帮助人们增长抵抗力。这怎么讲呢？看，桔皮上有多么厚的黑泥，柴胡们带着多少沙土与马粪；这些附带的黑泥与马粪，吃下去一定会起一种作用，使胃中多一些以毒攻毒的东西。假如桔皮没有什么力量，这附带的东西还能补充一些。西洋药没有这些附带品，自然也不会发生附带的效力。那位医生敢说对下药有十二分的把握么？假如药不对症，而药品又没有附带物，岂不是大大的危险！“国药”全有附带物，谁敢说大多数的病不是被附带物治好的呢？第四，到底是中国，处处事事带着古风：咱们的祖先遍尝百草，到如今咱们依旧是这样，大概再过一万八千年咱们还是这样。我虽然不主张复古，可是热烈的想保存古风的自大有人在，我不能不替他们欣喜。第五，从今年夏天起，

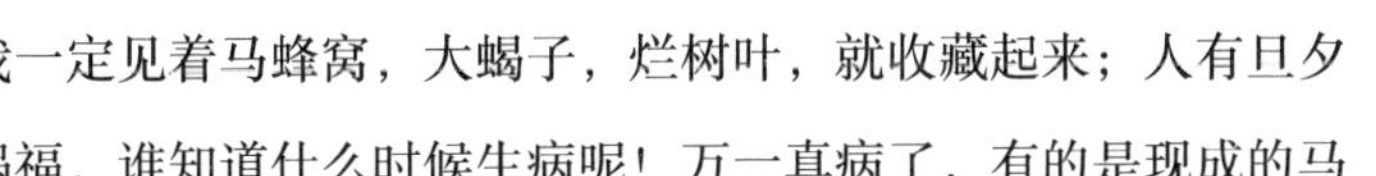

我一定见着马蜂窝，大蝎子，烂树叶，就收藏起来；人有旦夕祸福，谁知道什么时候生病呢！万一真病了，有的是现成的马蜂窝……

逛完了集，出了巷口，看见一大车牛马皮，带着毛还没制成革，不知是否也是药材。

中医发展了几千年，但一直伴随着一些争议。有人认为中医是我国人民长期同疾病作斗争的经验总结和智慧结晶，是我国文化的瑰宝。而有一些人却认为中医存在很多缺陷，甚至是一门“伪科学”。你是如何看待这个问题的？不妨和朋友讨论一下吧。

小麻雀

《小麻雀》是一篇托物言志的散文。文章描述生动逼真，语言含蓄隽永，感情热烈真挚。作者使用了拟人、比喻等修辞手法，把小麻雀的神态、动作描写得细致、生动，活灵活现，尤其是小麻雀那双“小黑豆眼”，更能让人窥见它的无助、可怜和矛盾，为作者的恻隐之心而感动，进而陪同作者洒下同情之泪。

雨后，院里来了个麻雀，刚长全了羽毛。它在院里跳，有时飞一下，不过是由地上飞到花盆沿上，或由花盆上飞下来。看它这么飞了两三次，我看出来：它并不会飞得再高一些，它的左翅的几根长翎拧在一处，有一根特别的长，似乎要脱落下来。我试着往前凑，它跳一跳，可是又停住，看着我，小黑豆眼带出点要亲近我又不完全信任的神气。我想到了：这是个熟鸟，也许是自幼便养在笼中的。所以它不十分怕人。可是它的

左翅也许是被养着它的或别个孩子给扯坏，所以它爱人，又不完全信任。想到这个，我忽然的很难过。一个飞禽失去翅膀是多么可怜。这个小鸟离了人恐怕不会活，可是人又那么狠心，伤了它的翎羽。它被人毁坏了，而还想依靠人，多么可怜！它的眼带出进退为难的神情，虽然只是那么个小而不美的小鸟，它的举动与表情可露出极大的委屈与为难。它是要保全它那点生命，而不晓得如何是好。对它自己与人都没有信心，而又愿找到些倚靠。它跳一跳，停一停，看着我，又不敢过来。我想拿几个饭粒诱它前来，又不敢离开，我怕小猫来扑它。可是小猫并没在院里，我很快地跑进厨房，抓来了几个饭粒。及至我回来，小鸟已不见了。我向外院跑去，小猫在影壁前的花盆旁蹲着呢。我忙去驱逐它，它只一扑，把小鸟擒住！被人养惯的小麻雀，连挣扎都不会，尾与爪在猫嘴旁搭拉着，和死去差不多。

瞧着小鸟，猫一头跑进厨房，又一头跑到西屋。我不敢紧追，怕它更咬紧了，可又不能不追。虽然看不见小鸟的头部，我还没忘了那个眼神。那个预知生命危险的眼神。那个眼神与我的好心中间隔着一只小白猫。来回跑了几次，我不追了。追上也没用了，我想，小鸟至少已半死了。猫又进了厨房，我愣了一会儿，赶紧地又追了去；那两个黑豆眼仿佛在我心内睁着呢。

进了厨房，猫在一条铁筒——冬天升火通烟用的，春天拆下来便放在厨房的墙角——旁蹲着呢。小鸟已不见了。铁筒的下端未完全扣在地上，开着一个不小的缝儿，小猫用脚往里探。我的希望回来了，小鸟没死。小猫本来才四个来月大，还没捉住过老鼠，或者还不会杀生，只是叼着小鸟玩一玩。正在这么想，小鸟，忽然出来了，猫倒像吓了一跳，往后躲了躲。小鸟的样子，我一眼便看清了，登时使我要闭上了眼。小鸟几乎是蹲着，胸离地很近，像人害肚痛蹲在地上那样。它身上并没血。身子可似乎是蜷在一块，非常的短。头低着，小嘴指着地。那两个黑眼珠！非常的黑，非常的大，不看什么，就那么顶黑顶大的愣着。它只有那么一点活气，都在眼里，像是等着猫再扑它，它没力量反抗或逃避；又像是等着猫赦免了它，或是来个救星。生与死都在这俩眼里，而并不是清醒的。它是胡涂了，昏迷了；不然为什么由铁筒中出来呢？可是，虽然昏迷，到底有那么一点说不清的，生命根源的，希望。这个希望使它注视着地上，等着，等着生或死。它怕得非常的忠诚，完全把自己交给了一线的希望，一点也不动。像把生命要从两眼中流出，它不叫，不动。

小猫没再扑它，只试着用小脚碰它。它随着击碰倾侧，头不动，眼不动，还呆呆地注视着地上。但求它能活着，它就决不反抗。可是并非全无勇气，它是在猫的面前不动！我轻轻地过去，把猫抓住。将猫放在门外，小鸟还没动。我双手把它捧起来。它确是没受了多大的伤，虽然胸上落了点毛。它看了我

一眼！

我没主意：把它放了吧，它准是死！养着它吧，家中没有笼子。我捧着它好像世上一切生命都在我的掌中似的，我不知怎样好。小鸟不动，蜷着身，两眼还那么黑，等着！愣了好久，我把它捧到卧室里，放在桌子上，看着它，它又愣了半天，忽然头向左右歪了歪，用它的黑眼瓢了一下；又不动了，可是身子长出来一些，还低头看着，似乎明白了点什么。

动物如果失去生存的能力，就会陷入一种两难的境地：既不相信人，又不得不依靠人。人也是一样，如果没有独立生存的本领，就会变得无从依附，甚至失去尊严。这也是很多人努力向上的原因之一。你觉得应该如何培养自己独立生存的能力？不妨和朋友讨论一下。

落花生

《落花生》开篇“我是个谦卑的人……派四个大臣拿着两块钱的铜子，爱买多少花生吃就买多少”一段奠定了整篇文章轻松幽默的基调，全文长短句相间，表述准确，节奏鲜明，读来颇有一种律动之美。这篇文章中，细节描写精细传神，比如对花生外貌的描写“大大方方，浅白麻子，细腰，曲线美”等，像是给花生勾了一张速写，使文章增色不少。

我是个谦卑的人。但是，口袋里装上四个铜板的落花生，一边走一边吃，我开始觉得比秦始皇还骄傲。假若有人问我：“你要是作了皇上，你怎么享受呢？”简直的不必思索，我就答得出：“派四个大臣拿着两块钱的铜子，爱买多少花生吃就买多少！”

什么东西都有个幸与不幸。不知道为什么瓜子比花生的名气大。你说，凭良心说，瓜子有什么吃头？它夹你的舌头，塞你的牙，激起你的怒气——因为一咬就碎；就是幸而没碎，也不过是那么小小的一片，不解饿，没味道，劳民伤财，布尔乔亚！你看落花生：大大方方的，浅白麻子，细腰，曲线美。这还只是看外貌。弄开看：一胎儿两个或者三个粉红的胖小子。脱去粉红的衫儿，象牙色的豆瓣一对对地抱着，上边儿还结着吻。那个光滑，那个水灵，那个香喷喷的，碰到牙上那个干松酥软！白嘴吃也好，就酒喝也好，放在舌上当槟榔含着也好。写文章的时候，三四个花生可以代替一支香烟，而且有益无损。

种类还多呢：大花生，小花生，大花生米，小花生米，糖饯的，炒的，煮的，炸的，各有各的风味，而都好吃。下雨阴天，煮上些小花生，放点盐；来四两玫瑰露；够作好几首诗的。瓜子可给诗的灵感？冬夜，早早地躺在被窝里，看着《水浒》，枕旁放着些花生米；花生米的香味，在舌上，在鼻尖；被窝里的暖气，武松打虎……这便是天国！冬天在路上，刮着冷风，或下着雪，袋里有些花生使你心中有了主儿；掏出一个来，剥了，慌忙往口中送，闭着嘴嚼，风或雪立刻不那么厉害了。况且，一个二十岁以上的人肯神仙似的，无忧无虑的，随随便便的，在街上一边走一边吃花生，这个人将来要是作了宰相或度支部尚书，他是不会有官僚气与贪财的。他若是作了皇上，必是朴俭温和直爽天真的一位皇上，没错。

吃瓜子的照例不在街上走着吃，所以我不给他保这个险。

至于家中要是有小孩儿，花生简直比什么也重要。不但可以吃，而且能拿它们玩。夹在耳唇上当环子，几个小姑娘就能办很大的一回喜事。小男孩若找不着玻璃球儿，花生也可以当弹儿。玩法还多着呢。玩了之后，剥开再吃，也还不脏。两个大子儿的花生可以玩半天；给他们些瓜子试试。

论样子，论味道，栗子其实满有势派儿。可是它没有落花生那点家常的“自己”劲儿。栗子跟人没有交情，仿佛是。核桃也不行，榛子就更显着疏远。落花生在哪里都有人缘，自天子以至庶人都跟它是朋友；这不容易。

在英国，花生叫作“猴豆”——Monkey nuts。人们到动物园去才带上一包，去喂猴子。花生在这个国里真不算很光荣，可是我亲眼看见去喂猴子的人——小孩就更不用提了——偷偷地也往自己口中送这猴豆。花生和苹果好像一样的有点魔力，假如你知道苹果的典故；我这儿确是用着典故。

美国吃花生的不限于猴子。我记得有位美国姑娘，在到中国来的时候，把几只皮箱的空处都填满了花生，大概凑起来总够十来斤吧，怕是到中国吃不着这种宝物。美国姑娘都这样重看花生，可见它确是有价值；按照哥伦比亚的哲学博士的辩证法看，这当然没有误儿。

花生大概还跟婚礼有点关系，一时我可想不起来是怎么个办法了；不是新娘子在轿里吃花生，不是；反正是什么什么春吧——你可晓得这个典故？其实花轿里真放上一包花生米，新娘子未必不一边落泪一边嚼着。

读与思

在民间，很多食物都和当地的习俗相关，有着特殊的寓意。比如红枣、花生、桂圆、莲子，寓意着“早生贵子”，成为婚礼上不可或缺的一种喜庆食物。你还知道哪些食物背后有趣的寓意呢？不妨和朋友讨论一下。

母鸡

你有没有“路转粉”的经历？老舍先生就有这样的经历。老舍先生的这篇《母鸡》描述的就是这样的情感变化。这篇文章中，表达了作者对母鸡的情感由“讨厌”转变为尊敬，前后形成鲜明的对比，并通过这种变化表达了对母爱的赞颂之情。文章语言风格比较口语化，散发着浓厚的生活气息，使读者感觉自然亲切，又真实生动，趣味十足。

一向讨厌母鸡。不知怎样受了一点惊恐。听吧，它由前院嘎嘎到后院，由后院再嘎嘎到前院，没结没完，而并没有什么理由；讨厌！有的时候，它不这样乱叫，可是细声细气的，有什么心事似的，颤颤微微的，顺着墙根，或沿着田坝，那么扯长了声如怨如诉，使人心中立刻结起个小疙瘩来。

它永远不反抗公鸡。可是，有时候却欺侮那最忠厚的鸭子。更可恶的是它遇到另一只母鸡的时候，它会下毒手，乘其

不备，狠狠地咬一口，咬下一撮儿毛来。

到下蛋的时候，它差不多是发了狂，恨不能使全世界都知道它这点成绩；就是聋子也会被它吵得受不下去。

可是，现在我改变了心思！我看见一只孵出一群小雏鸡的母亲。

不论是在院里，还是在院外，它总是挺着脖儿，表示出世界上并没有可怕的东西。一个鸟儿飞过，或是什么东西响了一声，它立刻警戒起来，歪着头儿听；挺着身儿预备作战；看看前，看看后，咕咕地警告鸡雏要马上集合到它身边来！

当它发现了一点可吃的东西，它咕咕地紧叫，啄一啄那个东西，马上便放下，教它的儿女吃。结果，每一只鸡雏的肚子都圆圆地下垂，像刚装了一两个汤圆儿似的，它自己却削瘦了许多。假若有别的大鸡来抢食，它一定出击，把它们赶出老远，连大公鸡也怕它三分。

它教给鸡雏们啄食，掘地，用土洗澡；一天教多少多少次。它还半蹲着——我想这是相当劳累的——教它们挤在它的翅下、胸下，得一点温暖。它若伏在地上，鸡雏们有的便爬在它的背上，啄它的头或别的地方，它一声也不哼。

在夜间若有什么动静，它便放声啼叫，顶尖锐、顶凄惨，使任何贪睡的人也得起来看看，是不是有了黄鼠狼。

它负责、慈爱、勇敢、辛苦，因为它有了一群鸡雏。它伟大，因为它是鸡母亲。一个母亲必定就是一位英雄！

我不敢再讨厌母鸡了。

读与思

“女本柔弱，为母则刚”，母爱是这个世界上最伟大的力量，每一位母亲都是英雄，都值得赞颂。在母亲为你付出的生活里，有没有哪一个瞬间让你记忆深刻？和朋友交流一下吧！

西红柿

老舍的散文一贯遵循平淡的叙述手法，看似漫不经心、任意而谈，实则细腻丰富、意蕴悠长。在这篇《西红柿》中，作者用轻松、生动的笔法介绍了西红柿的特征以及与西红柿相关的一切。作者善于借题发挥、指斥时弊，借西红柿在中国的传播，提醒国人要警惕资本主义的“文化侵略”，对那些“留过洋的人们和他们的儿女”予以讽刺。

所谓番茄炒虾仁的番茄，在北平原叫作西红柿，在山东各处则名为洋柿子，或红柿子。

想当年我还梳小辫、系红头绳的时候，西红柿还没有番茄这点威风。它的价值，在那不文明的时代，不过与“赤包儿”相等，给小孩儿们拿着玩玩而已。大家作“娶姑娘扮姐姐”玩耍的时节，要在小板凳上摆起几个红胖发亮的西红柿，当作喜筵，实在漂亮。

可是，它的价值只是这么点，而且连这一点还不十分稳定，至于在大小饭铺里，它是完全没有份儿的。这种东西，特别是在叶子上，有些不得人心的臭味——按北平的话说，这叫作“青气味儿”。所谓“青气味儿”，就是草木发出来的那种不好闻的味道，如楮树叶儿和一些青草，都是有此气味的。

可怜的西红柿，果实是那么鲜丽，而被这个味儿给累住，像个有狐臭的美人。不要说是吃，就是当“花儿”看，它也是没有“凉水茄”“番椒”等那种可以与美人蕉、翠雀儿等草花同在街上售卖的资格。小孩儿拿它玩耍，仿佛也是出于不得已；这种玩艺儿好玩不好吃，不像落花生或枣子那样可以“吃玩两便”。

其实呢，西红柿的味道并不像它的叶子那么臭恶，而且不比臭豆腐难吃，可是那股青气味儿到底要了它的命。除了这点味道，恐怕它的失败在于它那点四不像的劲儿：拿它当果子看待，它甜不如果，脆不如瓜；拿它当菜吃，煮熟之后屁味没有，稀松一堆，没点“嚼头”；它最宜生吃，可是那股味儿，不果不瓜不菜，亦可以休矣！

西红柿转运是在近些年，“番茄”居然上了菜单，由英法大菜馆而渐渐侵入中国饭铺，连山东馆子也要报一报“番茄虾银（仁）儿”！文化的侵略哟，门牙也挡不住呀！

可是细一看呢，饭馆里的番茄这个与那个，大概都是加上了点番茄汁儿，粉红怪可看，且不难吃；至于整个的鲜番茄，

还没多少人肯大嘴地啃。肯生吞它的，或者还得算留过洋的人们和他们的儿女，到底他们的洋味地道些。

近来西医宣传西红柿里含有维他命A至W，可是必须生吃，这倒有点别扭。不过呢，国人是最注意延年益寿、滋阴补肾的东西，或者这点青气味儿也不难于习惯下来的；假如国医再给证明一下：番茄加鹿茸可以壮阳种子，我想它的前途正自未可限量咧。

读与思 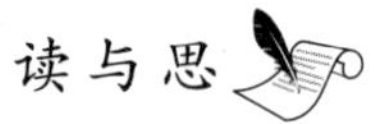

近年来，“文化侵略”这个词频繁地被公众提及。越来越多的外国文化输入中国，造成外来文化对我国文化的侵略，越来越多的国人喜欢外来文化，而不注重我国原有的文化。中国文化博大精深，有着优秀的传统和历史，需要大力对外展示和输出，对待这个问题，你有什么好的想法和建议吗？

养花

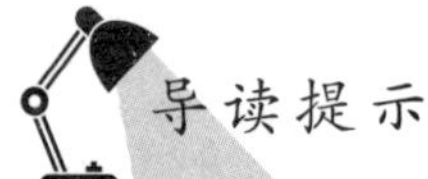

《养花》是一篇关于如何养花的散文，观察细微，情感记录翔实，背后是一个作家对生活认真的方式，积极的态度。文章把过程里的辛酸苦乐都表达得很翔实，同样把一个人由于喜爱的事物产生变化的过程，所带来的情绪的波动，也都一一呈现出来。

一般来说，优秀的文学作品都有一个共同的特点，就是在字面之外还有一层意思，也就是文章的“弦外之音”——这篇文章没有一处离开养花，但在字里行间，我们却看到作者对美好的事物的珍惜，以及对生活深深的热爱。

我爱花，所以也爱养花。我可还没成为养花专家，因为没有工夫去作研究与试验。我只把养花当作生活中的一种乐趣，花开得大小好坏都不计较，只要开花，我就高兴。在我的小院中，到夏天，满是花草，小猫儿们只好上房去玩耍，地上没有它们的运动场。

花虽多，但无奇花异草。珍贵的花草不易养活，看着一棵好花生病欲死是件难过的事。我不愿时时落泪。北京的气候，对养花来说，不算很好。冬天冷，春天多风，夏天不是干旱就是大雨倾盆；秋天最好，可是忽然会闹霜冻。在这种气候里，想把南方的好花养活，我还没有那么大的本事。因此，我只养些好种易活、自己会奋斗的花草。

不过，尽管花草自己会奋斗，我若置之不理，任其自生自灭，它们多数还是会死了的。我得天天照管它们，像好朋友似的关切它们。一来二去，我摸着一些门道：有的喜阴，就别放在太阳地里，有的喜干，就别多浇水。这是个乐趣，摸住门道，花草养活了，而且三年五载老活着、开花，多么有意思呀！不是乱吹，这就是知识呀！多得些知识，一定不是坏事。

我不是有腿病吗，不但不利于行，也不利于久坐。我不知道花草们受我的照顾，感谢我不感谢；我可得感谢它们。在我工作的时候，我总是写了几十个字，就到院中去看看，浇浇这棵，搬搬那盆，然后回到屋中再写一点，然后再出去，如此循环，把脑力劳动与体力劳动结合到一起，有益身心，胜于吃药。要是赶上狂风暴雨或天气突变哪，就得全家动员，抢救花草，十分紧张。几百盆花，都要很快地抢到屋里去，使人腰酸腿疼，热汗直流。第二天，天气好转，又得把花儿都搬出去，就又一次腰酸腿疼，热汗直流。可是，这多么有意思呀！不劳动，连棵花儿也养不活，这难道不是真理么？

送牛奶的同志，进门就夸“好香”！这使我们全家都感到骄傲。赶到昙花开放的时候，约几位朋友来看看，更有秉烛夜游的神气——昙花总在夜里放蕊。花儿分根了，一棵分为数棵，就赠给朋友们一些；看着友人拿走自己的劳动果实，心里自然特别喜欢。

当然，也有伤心的时候，今年夏天就有这么一回。三百株菊秧还在地上（没到移入盆中的时候），下了暴雨。邻家的墙倒了下来，菊秧被砸死者约三十多种，一百多棵！全家都几天没有笑容！

有喜有忧，有笑有泪，有花有实，有香有色，既须劳动，又长见识，这就是养花的乐趣。

读与思

中国有句古话叫“自己动手，丰衣足食”。正如苏联作家高尔基说的那样：我们世界最美好的东西，都是由劳动、聪明的手创造出来的。同样一件东西，如果轻易得来，我们可能不会有特别的感觉。但如果通过自己的劳动得来，则能体会到由衷的踏实和快乐。你觉得呢？

兔儿爷

这篇文章虽名为《兔儿爷》，但“兔儿爷”只是一个由头，作者的真实意图是以物写人，揭露和讽刺那些像兔儿爷一样“粉墨登场”“粉饰太平”的“高等汉奸”。作者用高妙的讽刺手法和生动、朴实的文字描绘出了“跪着双膝、摇着尾巴、一脸媚相”的汉奸形象，让读者不由得生出愤恨之情。

我好静，故怕旅行。自然，到过的地方就不多了。到的地方少，看的东西自然也就少。就是对于兔儿爷这玩艺也没有看过多少种。

稍为熟习的只有北方儿座城：北平，天津，济南，和青岛。在这四个名城里，一到中秋，街上便摆出兔儿爷来——就是山东人称为兔子王的泥人。兔儿爷或兔子王都是泥作的。兔脸人身，有的背后还插上纸旗，头上罩着纸伞。种类多，作工细，要算北平。山东的兔子王样式既少，手工也很糙。

泥人本有多种，可是因为不结实，所以作得都不太精细；给小儿女买玩艺儿，谁也不愿多花钱买一碰即碎的呀。兔儿爷虽也系泥人，但售出的时间只在八月节前的半个月左右，与月饼同为迎时当令的东西，故不妨作得精细一些。况且小儿女们每愿给兔儿爷上供，置之桌上，不像对待别种泥娃娃那么随便，于是也就略为减少碰碎的危险。这样，兔儿爷便获得较优越的地位，而能每年一度很漂亮的出现于街头。

中秋又到了，北平等处的兔儿爷怎样呢？

我可以想象到：那些粉脸彩衣，插旗打伞的泥人们一定还是一行行地摆在街头，为暴敌粉饰升平啊！

听说敌人这些日子，正在北平大量的焚书，几乎凡不是木板的图书都可以遭到被投入火里的厄运。学校里，人家里，都没有了书，而街头上到处摆出兔儿爷，多么好的一种布置呢！暴敌要的是傀儡呀！

友人来信，说平津大雨，连韭菜都卖到三吊钱（与重庆的“吊”同值）一束，粗粮也卖到一毛多一斤。谁还买得起兔儿爷呢？大概也就是在市上摆几天，给大家热闹热闹眼睛吧？

因而就想到那些高等汉奸，到时候，他们就必出来。正如桂花一开，兔子王便上市。他们的脸很体面，油光水滑的，只可惜鼻下有个三瓣子嘴，而头上有一对长耳朵。他们的身上也花花绿绿，足下蹬起粉底高靴。身腔里可是空空的，脊背有个泥团儿，为插旗伞之用；旗伞都是纸作的。他们多体面，多空

虚，多没有心肝呢！他们唯一的好处似乎只在有两个泥膝，跪下很方便。

兔儿爷怕遇上淘气的孩子，左搬右弄，它脸上的粉，身上的彩，便被弄污；不幸而孩子一失手，全身便变成若干小片片了。孩子并不十分伤心，有钱便能再买一个呀。幸而支持过了中秋，并未粉碎；可又时节已过，谁还有心玩兔子王呢？最聪明的傀儡也不过是些小土片呀！那些带活气的兔子王，越漂亮，我就越替他们担心；小日本鬼子不但淘气，而且是世上最凶狠的孩子啊。兔子王的寿命无论如何过不去中秋，我真想为那些粉墨登场的傀儡们落泪了。

抗战建国须凭真实本领与浩然正气，只能迎时当令充兔子王的，不作汉奸，也是废物。那么，我们不仅当北望平津，似乎也当自省一下吧？

读与思

有了强的国，才有强的家。爱国，一直是一个永恒不变的真理。现在虽然没有以前的充满硝烟的战争，但却有强权国家对我国的虎视眈眈。所以，我们仍然肩负重任。在当今的和平年代，我们应该如何爱国？用什么方法去爱国？不妨和朋友讨论一下吧！

读书

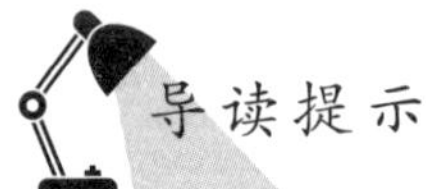

“读书”对于一般人来说很“无趣”，但在老舍的笔下便是另一番感受。文中的语言朴实直白，将深刻的读书之理讲得深入浅出，如同一位老友在你对面袒露心扉、侃侃而谈。文中有多处幽默的调侃，比如“我不能叫书管着我”“我又不是印刷机器养的”等，让读者读来忍俊不禁，在明白读书的道理的同时，也领略到他幽默风趣的语言艺术风格。

若是学者才准念书，我就什么也不要说了。大概书不是专为学者预备的；那么，我可要多嘴了。

从我一生下来直到如今，没人盼望我成个学者；我永远喜欢服从多数人的意见。可是我爱念书。

书的种类很多，能和我有交情的可很少。我有决定念什么的全权；自幼儿我就会逃学，愣挨板子也不肯说我爱《三字经》和《百家姓》。对，《三字经》便可以代表一类——这类书，据我看，顶好在判了无期徒刑以后去念，反正活着也没多大味儿。这类书可真不少，不知道为什么；也许是犯无期徒刑罪的太多；要不然便是太少——我自己就常想杀些写这类书的人。

我可是还没杀过一个，一来是因为——我才明白过来——写这样书的人敢情有好些已经死了，比如写《尚书》的那位李二哥。二来是因为现在还有些人专爱念这类书，我不便得罪人太多了。顶好，我看是不管别人；我不爱念的就不动好了。好在，我爸爸没希望我成个学者。

第二类书也与咱无缘：书上满是公式，没有一个“然而”和“所以”。据说，这类书里藏着打开宇宙秘密的小金钥匙。我倒久想明白点真理，如地是圆的之类；可是这种书别扭，它老瞪着我。书不老老实实的当本书，瞪人干吗呀？我不能受这个气！有一回，一位朋友给我一本《相对论原理》，他说：明白这个就什么都明白了。我下了决心去念这本宝贝书。读了两个“配纸”，我遇上了一个公式。我跟它“相对”了两点多钟！往后边一看，公式还多了去啦！我知道和它们“相对”下去，它们也许不在乎，我还活着不呢？

可是我对这类书，老有点敬意。这类书和第一类有些不同，我看得出。第一类书不是没法懂，而是懂了以后使我更糊涂。以我现在的理解力——比上我七岁的时候，我现在满可以作圣人了——我能明白“人之初，性本善”。明白完了，紧跟着就糊涂了；昨儿个晚上，我还挨了小女儿——玫瑰唇的小天使——一个嘴巴。我知道这个小天使性本不善，她才两岁。第二类书根本就看不懂，可是人家的纸上没印着一句废话；懂不懂的，人家不闹玄虚，它瞪我，或者我是该瞪。我的心这么一软，便把它好好放在书架上；好打好散，别太伤了和气。

这要说到第三类书了。其实这不该算一类；就这么算吧，顺嘴。这类书是这样的：名气挺大，念过的人总不肯说它坏，没念过的人老怪害羞的说将要念。譬如说《元曲》，太炎“先生”的文章，罗马的悲剧，辛克莱的小说，《大公报》——不知是哪儿出版的一本书——都算在这类里，这些书我也都拿起来过，随手便又放下了。这里还就属那本《大公报》有点劲。我不害羞，永远不说将要念。好些书的广告与威风是很大的，我只能承认那些广告作得不错，谁管它威风不威风呢。

“类”还多着呢，不便再说；有上面的三项也就足以证明我怎样的不高明了。该说读的方法。怎样读书，在这里，是个自决的问题；我说我的，没勉强谁跟我学。第一，我读书没系统。借着什么，买着什么，遇着什么，就读什么。不懂的放下，使我糊涂的放下，没趣味的放下，不客气。我不能叫书管着我。

第二，读得很快，而不记住。书要都叫我记住，还要书干吗？书应该记住自己。对我，最讨厌的发问是：“那个典故是哪儿的呢？”“那句书是怎么来着？”我永不回答这样的考问，

即使我记得。我又不是印刷机器养的，管你这一套！

读得快，因为我有时候跳过几页去。不合我的意，我就练习跳远。书要是不服气的话，来跳我呀！看侦探小说的时候，我先看最后的几页，省事。

第三，读完一本书，没有批评，谁也不告诉。一告诉就糟："嘿，你读《啼笑因缘》？"要大家都不读《啼笑因缘》，人家写它干吗呢？一批评就糟："尊家这点意见？"我不惹气。读完一本书再打通儿架，不上算。我有我的爱与不爱，存在我自己心里。我爱念什么就念，有什么心得我自己知道，这是种享受，虽然显得自私一点。

再说呢，我读书似乎只要求一点灵感。"印象甚佳"便是好书，我没工夫去细细分析它，所以根本便不能批评。"印象甚佳"有时候并不是全书的，而是书中的一段最入我的味；因为这一段使我对这全书有了好感；其实这一段的美或者正足以破坏了全体的美，但是我不去管；有一段叫我喜欢两天的，我就感谢不尽。因此，设若我真去批评，大概是高明不了。

第四，我不读自己的书，不愿谈论自己的书。"儿子是自己的好"，我还不晓得，因为自己还没有过儿子。有个小女儿，女儿能不能代表儿子，就不得而知。"老婆是别人的好"，我也不敢加以拥护，特别是在家里。但是我准知道，书是别人的好。别人的书自然未必都好，可是至少给我一点我不知道的东西。自己的，一提都头疼！自己的书，和自己的运气，好像永远是一对儿累赘。

第五，哼，算了吧。

读与思 

“读书破万卷，下笔如有神”“书籍是人类进步的阶梯”……关于读书的好处，我们都有共识。有人说“开卷有益”，他觉得打开书本看一看，就会有收获；有人认为读书应该讲究方式方法，否则不得要领，劳而无功。你赞成哪种说法，你的理由是什么？不妨和朋友交流一下。

写字

老舍先生的散文是非常生活和有趣的，文如其人，我们读这篇文章能感受到作者在创作时候的俏皮和幽默。这篇《写字》作者用幽默的笔触和生动形象的比喻描写了写字的乐趣，表达出了对中国文字的热爱和赞美。作者善于“自嘲”，敢于自我“揭短”，风趣幽默的故事吸引读者一口气读下去，先抑后扬，曲尽才知奇妙，不由得忍俊不禁。

假若我是个洋鬼子，我一定也得以为中国字有趣。换个样儿说，一个中国人而不会写笔好字，必定觉得不是味儿；所以我常不得劲儿。

写字算不算一种艺术，和作官算不算革命，我都弄不清楚。我只知道好字看着顺眼。顺眼当然不一定就是美，正如我老看自己的鼻子顺眼而不能自居姓艺名术字子美。可是顺眼也不算坏事，还没有人因为鼻子长得顺眼而去投河。再说，顺眼

也颇不容易；无论你怎样自居为宝玉，你的鼻子没有我的这么顺眼，就干脆没办法；我的鼻子是天生带来的，不是在医院安上的。说到写字，写一笔漂亮字儿，不容易。工夫，天才，都得有点。这两样，我都有，可就是没人求我写字，真叫人起急！

看着别人写，个儿是个儿，笔力是笔力，真馋得慌。尤其堵得慌的是看着人家往张先生或李先生那里送纸，还得作揖，说好话，甚至于请吃饭。没人理我。我给人家作揖，人家还把纸藏起去。写好了扇子，白送给人家，人家道完谢，去另换扇面。气死人不偿命，简直的是！

只有一个办法：遇上丧事必送挽联，遇上喜事必送红对，自己写。敢不挂，玩命！人家也知道这个，哪敢不挂？可是挂在什么地方就大有分寸了。我老得到不见阳光，或厕所附近，找我写的东西去。行一回人情总得头疼两天。

顶伤心的是我并不是不用心写呀。哼，越使劲越糟！纸是好纸，墨是好墨，笔是好笔，工具满对得起人。写的时候，焚上香，开开窗户，还先读读碑帖。一笔不苟，横乎竖直；挂起来看吧，一串倭瓜，没劲！不是这个大那个小，就是歪着一个。行列有时像歪脖树，有时像曲线美。整齐自然不是美的要素；要命是个个字像傻蛋，怎么耍俏怎么不行。纸算糟蹋远了去啦。要讲成绩的话，我就有一样好处，比别人糟蹋的纸多。

可是，“东风常向北，北风也有转南时”，我也出过两回

风头。一回是在英国一个乡村里。有位英国朋友死了，因为在中国住过几年，所以留下遗言，墓碣上要几个中国字。我去吊丧，死鬼的太太就这么跟我一提。我晓得运气来了，登时包办下来；马上回伦敦取笔墨砚，紧跟着跑回去，当众开彩。全村子的人横是差不多都来了吧，只有我会写；我还告诉他们：我不仅是会写，而且写得好。写完了，我就给他们掰开揉碎地一讲，这笔有什么讲究，哪笔有什么讲究。他们的眼睛都睁得圆圆的，眼珠里满是惊叹号。我一直痛快了半个多月。后来，我那几个字真刻在石头上了，一点也不瞎吹。“光荣是中国的，艺术之神多着一位。天上落下白米饭，小鬼儿啊啊地哭；因为仓颉泄露了天机！”我还记得作了这样高伟的诗。

第二回是在中国，这就更不容易了。前年我到远处去讲演。那里没有一个我的熟人。讲演完了，大家以为我很有学问，我就棍打腿地声明自己的学问很大，他们提什么我总知道，不知道地假装一笑，作为不便于说，他们简直不晓得我吃几碗干饭了，我更不便于告诉他们。提到写字，我又那么一笑。喝，不大会儿，玉版宣来了一堆。我差点乐疯了。平常老是自己买纸，这回我可捞着了！我也相信这次必能写得好：平常总是拿着劲，放不开胆，所以写得不自然；这次我给他个信马由缰，随笔写来，必有佳作。中堂，屏条，对联，写多了，直写了半天。写得确是不坏，大家也都说好。就是在我辞别的时候，我看出点毛病来：好些人跟招待我的人嘀咕，我

很听见了几句："别叫这小子走！""那怎好意思？""叫他赔纸！""算了吧，他从老远来的。"……招待员总算懂眼，知道我确是卖了力气写的，所以大家没一定叫我赔纸；到如今我还以为这一次我的成绩顶好，从量上质上说都下得去。无论怎么说，总算我过了瘾。

我知道自己的字不行，可有一层，谁的孩子谁不爱呢！是不是，二哥？

读与思

随着中国影响力的增强以及对外贸易的快速发展，越来越多的外国人认识到了学习中文的重要价值，也有越来越多的外国人开始学习中文，并且认为：学习中文不仅仅是一种兴趣，而是"高智商商界人士"的一项不错的投资。正如一首歌里唱的那样："全世界都在说中国话，孔夫子的话，越来越国际化……"你是如何看待这个问题的呢？

诗人

采用了幽默调侃的文风，但笔调却严肃凝重，有发人深思的意味。其实，作者与他笔下的诗人有诸多相似之处，为了“必求真理至善之阐明与美丽幸福之揭示”，如同“中了魔”一样。这篇文章语言浅明简确，幽默通俗易懂，好像代替读者说出了你想说出的话。读来愉悦性情、调剂生活，忘怀得失。

设若有人问我：什么是诗？我知道我是回答不出的。把诗放在一旁，而论诗人，犹之不讲英雄事业，而论英雄其人，虽为二事，但密切相关，而且也许能说得更热闹一些，故论诗人。

好像记得古人说过，诗人是中了魔的人。什么魔？什么是魔？我都不晓得。由我的揣猜大概有两点可注意的：

（一）诗人在举动上是有异于常人的，最容易看到的是诗人囚首垢面，有的爱花或爱猫狗如命，有的登高长啸，有的海畔行吟，有的老在闹恋爱或失恋，有的挥金如土，有的狂醉悲歌……在常人的眼中，这些行动都是有失正统的，故每每呼诗人为怪人、为狂士、为败家子。可是，这些狂士（或什么什么怪物）却能写出标准公民与正人君子所不能写的诗歌。怪物也许倾家败产，冻饿而死，但是他的诗歌永远存在，为国家民族的珍宝。这是怎么一回事呢？

一位英国的作家仿佛这样说过：写家应该是有女性的人。这句话对不对？我不敢说。我只能猜到，也许本着这位写家自己的经验，他希望写家们要心细如发，像女人们那样精细。我之所以这样猜想者，也许表示了我自己也愿写家们对事物的观察特别详密。诗人的心细，只是诗人应具备的条件之一。不过，仅就这一个条件来说，也许就大有出入，不可不辨。诗人要怎样的心细呢？是不是像看财奴一样，到临死的时候还不放心床畔的油灯是点着一根灯草呢，还是两根？多费一根灯草，足使看财奴伤心落泪，不算奇怪。假若一个诗人也这样办呢？呵，我想天下大概没有这样的诗人！一个人的才力是长于此，则短于彼的。一手打着算盘，一手写着诗，大概是不可能。诗人——也许因为体质的与众人不同，也许因天才与常人有异，也许因为所注意的不是油盐酱醋之类的东西——总有所长，也有所短，有的地方极注意，有的地方极不注意。有人说，诗人是长着四只眼的，所以他能把一团飞絮看成了老翁，能在一粒沙中看见个世界。至于这种眼睛能否辨别钞票的真假，便没有听见说过了。他的眼要看真理，要看山川之美；他的心要世界

进步，要人人幸福。他的居心与圣哲相同，恐怕就不屑于，或来不及，再管衣衫的破烂，或见人必须作揖问好了。所以他被称为狂士、为疯子。这狂士对那些小小的举动可以因无关宏旨而忽略，叫大事可就一点也不放松，在别人正兴高采烈，歌舞升平的时节，他会极不得人心地来警告大家。人家笑得正欢，他会痛哭流涕。及至社会上真有了祸患，他会以身谏，他投水，他殉难！正如他平日的那些小举动被视为疯狂，他的这种舍身救世的大节也还是被认为疯狂的表现而结果。即使他没有舍身全节的机会，他也会因不为五斗米而折腰，或不肯赞谀什么权要，而死于贫困。他什么也没有，只有一些诗。诗，救不了他的饥寒，却使整个的民族有些永远不灭的光荣。诗人以饥寒为苦么？那倒也未必，他是中了魔的人！

说不定，我们也许能发现一个诗人，他既爱财如命，也还能写出诗来。这就可以提出第（二）来了：诗人在创作的时候确实有点发狂的样子。所谓灵感者也许就是中魔的意思吧。看，当诗人中了魔，（或者有了灵感），他或碰倒醋瓮，或绕床疾走，或到庙门口去试试应当用“推”还是“敲”，或喝上斗酒，真是天翻地覆。他喝茶也吟，睡眠也唱，能够几天几夜，忘寝废食。这时候，他把全部精力全拿出来，每一道神经都在颤动。他忘了钱——假使他平日爱钱。忘了饮食、忘了一切，而把意识中，连下意识中的那最崇高的、最善美的，都拿了出来！把最好的字，最悦耳的音，都配备上去。假使他平日

爱钱，到这时节便顾不得钱了！在这时候而有人跟他来算账，他的诗兴便立刻消逝，没法挽回。当作诗的时候，诗人能把他最喜爱的东西推到一边去，什么贵重的东西也比不上诗。诗是他自己的，别的都是外来之物。诗人与看财奴势不两立，至于忘了洗脸，或忘了应酬，就更在情理中了。所以，诗人在平时就有点像疯子；在他作诗的时候，即使平日不疯，也必变成疯子——最快活、最苦痛、最天真、最崇高、最可爱，最伟大的疯子！

皮毛的去学诗人的囚首垢面，或破鞋敝衣，是容易的，没什么意义的。要成为诗人须中魔啊。要掉了头，牺牲了命，而必求真理至善之阐明，与美丽幸福之揭示，才是诗人啊。眼光如豆，心小如鼠，算了吧，你将永远是向诗人投掷石头的，还要作诗么?

——写于诗人节

读与思 

很多人说，现在是“全民写作”的时代，只要会写字就可以写作。但要成为一名“作家”却不是那么容易的事情，因为作家的作品里应该有独立的精神思想，要有责任和担当，而不是仅仅会写一些风花雪月的文章，甚至无病呻吟的感慨而已。你觉得想要成为一名作家，需要达到哪些要求呢?

割盲肠记

如题目所示，文章记录了作者割盲肠手术的过程。上了手术台后，作者三番五次焦急询问“找到没有”，医生只是回答“莫出声”，一直过了一个多钟头，总算找到了跑到脐附近的盲肠，终于“除之而后快”。作者写得百转千回，读者仿佛身临其境，跟着担忧、揪心。与此同时，又被作者生活化的乐观和幽默所打动，读完不禁会心一笑。

六月初来北碚，和赵清阁先生合写剧本——《桃李春风》。剧本草成，“热气团”就来了，本想回渝，因怕遇暑而止。过午，室中热至百另三四度，乃早五时起床，抓凉儿写小说。原拟写个中篇，约四万字。可是，越写越长，至九月中已得八万余字。秋老虎虽然还很厉害，可是早晚到底有些凉意，遂决定在双十节前后赶出全篇，以便在十月中旬回渝。

有什么样的环境，才有什么样的神经过敏。因为巴蜀“摆子”猖狂，所以我才身上一冷，便马上吃昆宁。同样的，朋友们有许多患盲肠炎的，所以我也就老觉得难免一刀之苦。在九月末旬，我的右胯与肚脐之间的那块地方，开始有点发硬；用手摸；那里有一条小肉岗儿。“坏了！”我自己放了警报，“盲肠炎！”赶紧告诉了朋友们，即使是谎报，多骗取他们一点同情也怪有意思！

朋友们的回答几乎是一致的——神经过敏！我申说部位是对的，并且量给他们看，怎奈他们还不信。我只好以自己的医学知识丰富自慰，别无办法。

过了两天，肚中的硬结依然存在。并且作了个割盲肠的梦！把梦形容给萧伯青兄。他说：恐怕是下意识的警告！第二天夜里，一夜没睡好，硬的地方开始一窝一窝的疼，就好像猛一直腰，把肠子或别处扯动了那样。一定是盲肠炎了！我静候着发烧，呕吐，和上断头台！可是，使我很失望，我并没有发烧，也没有呕吐！到底是怎回事呢？

十月四日，我去找赵清阁先生。她得过此病，一定能确切的指示我。她说，顶好去看看医生。她领我上了江苏医学院的附设医院。很巧，外科刘主任（玄三）正在院里。他马上给我检查。

“是！”刘主任说。

“暂时还不要紧吧？”我问。我想写完了小说和预支了一些稿费的剧本，再来受一刀之苦。

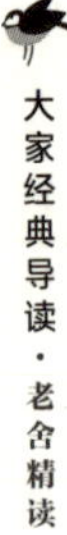

"不忙！慢性的！"刘主任真诚而和蔼地说。他永远真诚，所以绰号人称刘好人。

我高兴了。并非为可以缓期受刑，而是为可以先写完小说与剧本；文艺第一，盲肠次之！

可是，当我告辞的时候，刘主任把我叫住："看看白血球吧！"

一位穿白褂子的青年给我刺了"耳朵眼"。验血。结果：一万好几百！刘主任吸了口气："马上割吧！"我的胸中恶心了一阵，头上出了凉汗。我不怕开刀，可是小说与剧本都急待写成啊！特别是那个剧本，我已预支了三千元的稿费！同时，在顷刻之间，我又想到：白血球既然很多，想必不妙，为何等着受发烧呕吐等等苦楚来到再受一刀之苦呢？一天不割，便带着一天的心病，何不从早解决呢？

"几时割？"我问。心中很闹得慌，像要吐的样子。

"今天下午！"

随着刘主任，我去交了费，定了房间。

没有吃午饭。托青兄给买了一双新布鞋，因为旧的一双的底子已经有很大的窟窿。心里说：穿新鞋子入医院，也许更能振作一些。

下午一时。自己提着布袋，去找赵先生。二时，她送我入院——她和大夫护士们都熟识。

房间很窄，颇像个棺材。可是，我的心中倒很平静，顺口答音地和大家说笑，护士们来给我打针敷消毒药，腰间围了宽

布。诸事齐备，我轻轻地走入手术室，穿着新鞋。

屈着身，吴医生给我的脊梁上打了麻醉针。不很疼。护士长是德州的护士学校毕业的。她还认识我：在她毕业的时候，我正在德州讲演。这已是十年前的事了。她低声地说："舒先生，不怕啊！"我没有怕，我信任西医；况且割盲肠是个小手术。朋友们——老向，萧伯青，萧亦五，清阁，李佩珍……——都在窗外"偷"看呢，我更得扎挣着点！

下部全麻了。刘主任进来。吱——腹上还微微觉到疼。"疼啊！"我报告了一声。"不要紧！"刘主任回答。腹里捣开了乱，我猜想：刘主任的手大概是伸进去了。我不再出声。心中什么也不想。我以为这样老实地受刑，盲肠必会因受感动而也许自动地跳出来。

不过，盲肠到底是"盲肠"，不受感动！麻醉的劲儿朝上走，好像用手推着我的胃；胃部烧得非常的难过，使我再也不能忍耐。吐了两口。"胃里烧得难过呀！"我喊出来。"忍着点！马上就完！"刘主任说。我又忍着，我听得见刘主任的声音："擦汗！""小肠！""放进去！""拿钩了！""摘眼镜！"……我心里说："坏了！找不到！"我问了："找到没有？"刘主任低切地回答："马上找到！不要出声！"

窗外的朋友们比我还着急："坏了！莫非盲肠已经烂掉？"

我机械地，一会儿一问："找到没有？"而得到的回答只是："莫出声！"

苦了刘主任与助手们，室内没有电灯。两位先生立在小凳上，打着电棒。夹伤口的先生们，正如打电棒的始终不能休息片刻。整整一个钟头！

一个钟头了，盲肠还未露面！

我的鼻子上来了点怪味。大概是吴医生的声音：“数一二三四！”我数了好几个一二三四，声音相当得响亮。末了，口中一噎，就像刮大风在城门洞中喝了一大口风似的我睡过去，生命成了空白。

睁开眼，我恍惚地记得梁实秋先生和伯青兄在屋中呢。其实屋中有好几位朋友，可是我似乎没有看见他们。在这以前，据朋友们告诉我，我已经出过声音，我自己一点也不记得。我的第一声是高声地喊王抗——老向的小男孩。也许是在似醒非醒之中，我看见王抗翻动我的纸笔吧，所以我大声地呼叱他；我完全记不得了。第二次出声是说了一串中学时的同学的外号：老向，范烧饼，闪电手，电话西局……弄得大家都莫名其妙。生命在这时候是一片云雾，在记忆中飘来飘去，偶然地露出一两个星星。

再睁眼，我看见刘主任坐在床沿上。我记得问他：“找到没有？割了吗？”这两个问题，在好几个钟头以内始终在我的口中，因为我只记得全身麻醉以前的事。

我忘了我是在病房里，我以为我是在伯青的屋中呢。我问他：“为什么我躺在这儿呢？这里多么窄小啊！”经他解释一番，我才想起我是入了医院。生命中有一段空白，也怪有趣！

一会儿，我清醒；一会儿又昏迷过去。生命像春潮似的一进一退。清醒了；我就问：找到了吗？割去了吗？

口中的味道像刚喝过一加仑汽油，出气的时候，心中舒服？吸气的时候，觉得昏昏沉沉。生命好像悬在这一呼一吸之间。

胃里作烧，脊梁酸痛，右腿不能动，因打过了一瓶盐水。不好受。我急躁，想要跳起来。苦痛而外，又有一种渺茫之感，比苦痛还难受。不管是清醒，还是昏迷着，我老觉得身上丢失了一点东西。我用手去摸。像摸钱袋或要物在身边没有那样。摸不到什么，我于失望中想起：噢，我丢失的是一块病。可是，这并不能给我安慰，好像即使是病也不该遗失；生命是全的，丢掉一根毫毛也不行！这时候，自怜与自叹控制住我自己，我觉得生命上有了伤痕，有了亏损！已经一天没吃东西；现在，连开水也不准喝一口——怕引起呕吐而震动伤口。我并不觉得怎样饥渴。胃中与脊梁上难过比饥渴更厉害，可是也还挣扎去忍受。真正恼人的倒是那点渺茫之感。我没想到死，也没盼祷赶快痊愈，我甚至于忘记了赶写小说那回事。我只是飘飘摇摇地感到不安！假若他们把割下的盲肠摆在我的面前，我也许就可以捉到一点什么而安心去睡觉。他们没有这样作。我呢，就把握不到任何实际的东西，而惶惑不安。我失去了自信，不知道自己是干什么呢！因此我烦躁，发脾气，苦了看守我的朋友！

老向、璧如、伯青、齐致贤、席微膺诸兄轮流守夜；李佩珍小姐和萧亦五兄白天亦陪伴。我不知道怎样感激他们才好！医院中的护士不够用，饭食很苦，所以非有人招呼我不可。

体温最高的时候只到三十八度，万幸！虽然如此，我的唇上的皮还干裂得脱落下来，眼底有块青点，很像四眼狗。

最难过的是最初的三天。时间，在苦痛里，是最忍心的；多慢哪！每一分钟都比一天还长！到第四天，一切都换了样子；我又回到真实的世界上来，不再悬挂在梦里。

本应当十天可以出院，可是住了十六天，缝伤口的线粗了一些，不能完全消化在皮肉里；没有成脓，但是汪儿黄水。刘主任把那节不愿永远跟随着我的线抽了出来，腹上张着个小嘴。直到这小嘴完全干结我才出院。

神经过敏也有它的好处。假若我不“听见风就是雨”，而不去检查，一旦爆发，我也许要受很大的苦楚。我的盲肠部位不对。不知是何原因，它没在原处，而跑到脐的附近去，所以急得刘主任出了好几身大汗。假若等到它汇了脓再割，岂不很危险？我感谢医生们和朋友们，我似乎也觉得感谢自己的神经过敏！引为遗憾的也有二事：（一）赵清阁先生与我合写的《桃李春风》在渝上演，我未能去看。（二）家眷来渝，我也未能去迎接。我极想看到自己的妻与儿女，可是一度神经过敏教我永远不会粗心大意，我不敢冒险！

读与思

有个成语叫“讳疾忌医”，意思是隐瞒疾病，不愿医治。其实，有病就要及时治疗，如果不敢面对，等到病情加重，反而要受更大的苦。同样的道理，在生活中，不要害怕别人的批评而掩饰自己的缺点和错误，认识错误并及时改正，才能取得进步。你觉得呢？

一天

这篇文章讲述了自己在一天里被干扰无法写作的经历。早饭后准备写作，却被各种突发事件打乱计划，文字创作的爱好与生活琐事相互博弈，最终让步于凡俗的日常。作者用轻松、幽默的手法和简单、直白的语言写出了对文字的热爱以及计划被打乱后的无奈，尤其注重对细节的刻画，读来活灵活现，生动有趣。

闹钟应当，而且果然，在六点半响了。睁开半只眼，日光还没射到窗上；把对闹钟的信仰改为崇拜太阳，半只眼闭上了。

八点才起床。赶快梳洗，吃早饭，饭后好写点文章。

早饭吃过，吸着第一枝香烟，整理笔墨。来了封快信，好友王君路过济南，约在车站相见。放下笔墨，一手扣钮，一手戴帽，跑出去，门口没有一辆车；不要紧，紧跑几步，巷口总有车的。心里想着：和好友握手是何等的快乐；最好强迫他下车，在这儿住哪怕是一天呢，痛快地谈一谈。到了巷口，没一个车影，好像车夫都怕拉我似的。

又跑了半里多路才遇上了一辆，急忙坐上去，津浦站！车走得很快，决定误不了，又想象着好友的笑容与语声，和他怎样在月台上东张西望的盼我来。

怪不得巷口没车，原来都在这儿挤着呢，一眼望不到边，街上挤满了车，谁也不动。西边一家绸缎店失了火。心中马上就决定好，改走小路，不要在此死等，谁在这儿等着谁是傻瓜，马上告诉车夫绕道儿走，显出果断而聪明。

车进了小巷。这才想起在街上的好处：小巷里的车不但是挤住，而且无论如何再也退不出。马上就又想好主意，给了车夫一毛钱，似猿猴一样的轻巧跳下去。挤过这一段，再抓上一辆车，还可以不误事，就是晚也晚不过十来分钟。

棉袄的底襟挂在小车子上，用力扯，袍子可以不要，见好友的机会不可错过！袍子扯下一大块，用力过猛，肘部正好碰着在娘怀中的小儿。娘不加思索，冲口而成，凡是我不爱听的都清清楚楚地送到耳中，好像我带着无线广播的耳机似的。孩子哭得奇，嘴张得像个火山口；没有一滴眼泪，说好话是无用的；凡是在外国可以用“对不起”了之的事，在中国是要长期抵抗的。四围的人——五个巡警，一群老头儿，两个女学生，一个卖糖的二十多小伙子，一只黄狗——把我围得水泄不通；没有说话的，专门能看哭骂，笑嘻嘻地看着我挨雷。幸亏卖糖

的是圣人，向我递了个眼神，我也心急手快，抓了一大把糖塞在小孩的怀中；火山口立刻封闭，四围的人皆大失望。给了糖钱，我见缝就钻，杀出重围。

到了车站，遇见中国旅行社的招待员。老那么和气而且眼睛那么尖，其实我并不常到车站，可是他能记得我：“先生取行李吗？”

"接人！"这是多余说，已经十点了，老王还没有叫火车晚开一个钟头的势力。

越想头皮越疼，几乎想要自杀。

出了车站，好像把自杀的念头遗落在月台上了。也好吧，赶快归去写文章。

到了家，小猫上了房；初次上房，怎么也下不来了。老田是六十多了，上台阶都发晕，自然婉谢不敏，不敢上墙。就看我的本事了，当仁不让，上墙！敢情事情都并不简单，你看，上到半腰，腿不晓得怎的会打起转来。不是颤而是公然的哆嗦。老田的微笑好像是恶意的，但是我还不能不仗着他扶我一把儿。

往常我一叫"球"，小猫就过来用小鼻子闻我，一边闻一边咕噜。上了房的"球"和地上的大不相同了，我越叫"球"，"球"越往后退。我知道，我要是一直地向前赶，"球"会退到房脊那面去，而我将要变成"球"。我的好话说多了，语气还是学着妇女的："来，啊，小球，快来，好宝贝，快吃肝来……"无效！我急了，开始恫吓，没用。

磨烦了一点来钟，二姐来了，只叫了一声"球"，"球"并没理我，可是拿我的头作桥，一跳跳到了墙头，然后拿我的脊背当梯子，一直跳到二姐的怀中。

兄弟姐妹之间，二姐是我最好的朋友。她第一个好处便是不阻碍我的工作。每逢看见我写字，她连一声都不出；我只要一客气，陪她谈几句，她立刻就搭讪着走出去。

“二姐，和球玩会儿，我去写点字。”我极亲热地说。

“你先给我写几个字吧，你不忙啊？”二姐极亲热地说。

当然我是不忙，二姐向来不讨人嫌，偶尔求我写几个字，还能驳回?

二姐是求我写封信。这更容易了。刚由墙上爬下来，正好先试试笔，稳稳腕子。

二姐的信是给她婆母的外甥女的干姥姥的姑舅兄弟的侄女婿的。二姐与我先决定了半点多钟怎样称呼他。在讨论的进程中，二姐把她婆母的、婆母的外甥女的、干姥姥的、姑舅兄弟的性格与相互的关系略微说明了一下，刚说到干姥姥怎么在光绪二十八年掉了一个牙，老田说吃午饭得了。

吃过午饭，二姐说先去睡个小盹，醒后再告诉我怎样写那封信。

我是心中搁不下事的，打算把干姥姥放在一旁而去写文章，一定会把莎士比亚写成外甥女婿。好在二姐只是去打一个小盹。

二姐的小盹打到三点半才醒，她很亲热地道歉，昨夜多打了四圈小牌。不管怎着吧，先写信。二姐想起来了，她要是到东关李家去，一定会见着那位侄女婿的哥哥，就不要写信了。

二姐走了。我开始从新整理笔墨，并且告诉老田泡一壶好茶，以便把干姥姥们从心中给刺激走。

老田把茶拿来，说，外边调查户口，问我几月的生日。

“正月初一！”我告诉老田。

凡是老田认为不可信的事，他必要和别人讨论一番。他告诉巡警：他对我的生日颇有点怀疑，他记得是三月；不论如何也不能是正月初一。我自然没被他们盘问短，我说正月与三月不过是阴阳历的差别，并且告诉他们我是属狗的。巡警一听到戌狗亥猪，当然把刚才的事忘了——又耽误了我一刻多钟。

整四点。忘了，图画展览会今天是末一天！但是，为写文章，牺牲了图画吧。又拿起笔来。只要许我拿起笔来，就万事亨通，我不怕在多么忙乱之后，也能安心写作。

门铃响了，信，好几封。放着信不看，信会闹鬼。第一封：创办老人院的捐启。第二封：三舅问我买洋水仙不买？第三封：地址对，姓名不对，是否应当打开？想了半天，看了信皮半天，笔迹，邮印，全细看过，加以福尔摩斯的判断法；没结果，放在一旁。第四封：新书目录，从头至尾看了一遍，没有我要看的书。第五封：友人求找事，急待答复。赶紧写回信，信和病一样，越耽误越难办。信写好，邮票不够了，只欠一分。叫老田，老田刚刚出去。自己跑一遭吧，反正邮局不远。

发了信，天黑了。饭前不应当写字，看看报吧。

晚饭后，吃了两个梨，为是有助于消化，好早些动手写文章。刚吃完梨，老牛同着新近结婚的夫人来了。

老牛的好处是天生来的没心没肺。他能不管你多么忙，也

不管你的脸长到什么尺寸，他要是谈起来，便把时间观念完全忘掉。不过，今天是和新妇同来，我想他决不会坐那么大的工夫。

牛夫人的好处，恰巧和老牛一样，是天生来的没心没肺。我在八点半的时候就看明白了：大概这二位是在我这里度蜜月。我的方法都使尽了：看我的稿纸，打个假造的哈欠，造谣言说要去看朋友，叫老田上钟弦，问他们什么时候安寝，顺手看看手表……老牛和牛夫人决定赛开了谁是更没心没肺。十点了，两位连半点要走的意思都没有。

“咱们到街上走走，好不好？我有点头疼。”我这么提议，心里计划着：陪他们走几步，回来还可以写个两千多字，夜静人稀更写得快：我是向来不悲观的。

随着他们走了一程，回来进门就打喷嚏，老田一定说我是着了凉，马上就去倒开水，叫我上床，好吃阿司匹林。老田的命令是不能违抗的，我要是一定不去睡，他登时就会去请医生。也好吧，躺在床上想好了主意明天天一亮就起来写。“老田，把闹钟上到五点！”

老田又笑了，不好和老人闹气，不然的话，真想打他两个嘴巴。

身上果然有点发僵，算了吧，什么也不要想了，快睡！两眼闭死，可是不困，数一二三四，越数越有精神。大概有十一点了，老田已经停止了咳嗽。他睡了，我该起来了，反正是睡

不着，何苦瞎耗光阴。被窝怪暖和的，忍一会儿再说，只忍五分钟，起来就写。肚里有点发热，阿司匹林的功效，还倒舒服。似乎老牛又回来了，二姐，小球……

“起吧，八点了！”老田在窗外叫。

“没上闹钟吗？没告诉你上在五点上吗？”我在被窝里发怒。

“谁说没上呢，把我闹醒了；您大概是受了点寒，发烧，耳朵不大灵，嚏！”

生命似乎是不属于自己的，我叹了口气。稿子应该就发出了，还一个字没有呢！

“老田，报馆没来人催稿子吗？”

“来了，说请您不必忙了，报馆昨晚被巡警封了门。”

读与思

一寸光阴一寸金，寸金难买寸光阴。时间很宝贵，却又极易流逝，正如孔子所说“逝者如斯夫，不舍昼夜”。有人利用一天的时间勤奋学习，力争不浪费每一分每一秒；有人则无所事事，浑浑噩噩地度过一天。你更赞同哪种做法呢？不妨和朋友交流一下。

北京的春节

这篇散文描绘了老北京过春节时候的情形，把春节这个节日的画面感一点点铺展开来。同时对比新旧社会的春节，肯定了新风尚，歌颂了新社会。文章着眼于整体，聚焦的是大场面。全文充满北京味儿的朴实语言，陈述朴素自然，不事雕琢，流畅通达，又有极强的表现力和感染力。

按照北京的老规矩，过农历的新年（春节），差不多在腊月的初旬就开头了。“腊七腊八，冻死寒鸦”，这是一年里最冷的时候。可是，到了严冬，不久便是春天，所以人们并不因为寒冷而减少过年与迎春的热情。在腊八那天，人家里，寺观里，都熬腊八粥。这种特制的粥是祭祖祭神的，可是细一想，它倒是农业社会的一种自傲的表现——这种粥是用所有的各种的米，各种的豆，与各种的干果（杏仁、核桃仁、瓜子、荔枝肉、莲子、花生米、葡萄干、菱角米……）熬成的。这不是

盛世和谐

粥，而是小型的农业展览会。

腊八这天还要泡腊八蒜。把蒜瓣在这天放到高醋里，封起来，为过年吃饺子用的。到年底，蒜泡得色如翡翠，而醋也有了些辣味，色味双美，使人要多吃几个饺子。在北京，过年时，家家吃饺子。

从腊八起，铺户中就加紧的上年货，街上加多了货摊子——卖春联的、卖年画的、卖蜜供的、卖水仙花的等等都是只在这一季节才会出现的。这些赶年的摊子都教儿童们的心跳得特别快一些。在胡同里，吆喝的声音也比平时更多更复杂起来，其中也有仅在腊月才出现的，像卖宪书的，松枝的、薏仁米的、年糕的等等。

在有皇帝的时候，学童们到腊月十九日就不上学了，放年假一月。儿童们准备过年，差不多第一件事是买杂拌儿。这是用各种干果（花生、胶枣、榛子、栗子等）与蜜饯搀合成的，普通的带皮，高级的没有皮——例如：普通的用带皮的榛子，高级的用榛瓤儿。儿童们喜吃这些零七八碎儿，即使没有饺子吃，也必须买杂拌儿。他们的第二件大事是买爆竹，特别是男孩子们。恐怕第三件事才是买玩艺儿——风筝、空竹、口琴等——和年画儿。

儿童们忙乱，大人们也紧张。他们须预备过年吃的使的喝的一切。他们也必须给儿童赶快做新鞋新衣，好在新年时显出万象更新的气象。

二十三日过小年，差不多就是过新年的“彩排”。在旧社会里，这天晚上家家祭灶王，从一擦黑儿鞭炮就响起来，随着炮声把灶王的纸像焚化，美其名叫送灶王上天。在前几天，街上就有多少多少卖麦芽糖与江米糖的，糖形或为长方块或为大小瓜形。按旧日的说法：用糖粘住灶王的嘴，他到了天上就不会向玉皇报告家庭中的坏事了。现在，还有卖糖的，但是只由大家享用，并不再粘灶王的嘴了。

过了二十三，大家就更忙起来，新年眨眼就到了啊。在除夕以前，家家必须把春联贴好，必须大扫除一次，名曰扫房。必须把肉、鸡、鱼、青菜、年糕什么的都预备充足，至少足够吃用一个星期的——按老习惯，铺户多数关五天门，到正月初六才开张。假若不预备下几天的吃食，临时不容易补充。还有，旧社会里的老妈妈论，讲究在除夕把一切该切出来的东西都切出来，省得在正月初一到初五再动刀，动刀剪是不吉利的。这含有迷信的意思，不过它也表现了我们确是爱和平的人，在一岁之首连切菜刀都不愿动一动。

除夕真热闹。家家赶作年菜，到处是酒肉的香味。老少男女都穿起新衣，门外贴好红红的对联，屋里贴好各色的年画，哪一家都灯火通宵，不许间断，炮声日夜不绝。在外边作事的人，除非万不得已，必定赶回家来，吃团圆饭，祭祖。这一夜，除了很小的孩子，没有什么人睡觉，而都要守岁。

元旦的光景与除夕截然不同：除夕，街上挤满了人；元旦，铺户都上着板子，门前堆着昨夜燃放的爆竹纸皮，全城都在休息。

男人们在午前就出动，到亲戚家，朋友家去拜年。女人们在家中接待客人。同时，城内城外有许多寺院开放，任人游览，小贩们在庙外摆摊、卖茶、食品、和各种玩具。北城外的大钟寺、西城外的白云观，南城的火神庙（厂甸）是最有名的。可是，开庙最初的两三天，并不十分热闹，因为人们还正忙着彼此贺年，无暇及此。到了初五六，庙会开始风光起来，小孩们特别热心去逛，为的是到城外看看野景，可以骑毛驴，还能买到那些新年特有的玩具。白云观外的广场上有赛骄车赛马的；在老年间，据说还有赛骆驼的。这些比赛并不争取谁第一谁第二，而是在观众面前表演骡马与骑者的美好姿态与技能。

多数的铺户在初六开张，又放鞭炮，从天亮到清早，全城的炮声不绝。虽然开了张，可是除了卖吃食与其他重要日用品的铺子，大家并不很忙，铺中的伙计们还可以轮流着去逛庙、逛天桥、和听戏。

元宵（汤圆）上市，新年的高潮到了——元宵节（从正月十三到十七）。除夕是热闹的，可是没有月光；元宵节呢，恰好是明月当空。元旦是体面的，家家门前贴着鲜红的春联，人们穿着新衣裳，可是它还不够美。元宵节，处处悬灯结彩，整条的大街像是办喜事，火炽而美丽。有名的老铺都要挂出几百盏灯来，有的一律是玻璃的，有的清一色是牛角的，有的都是纱灯；有的各形各色，有的通通彩绘全部《红楼梦》或《水浒传》故事。这，在当年，也就是一种广告；灯一悬起，任何人都可以进到铺中参观；晚间灯中都点上烛，观者就更多。这广告可不庸俗。干果店在灯节还要作一批杂拌儿生意，所以每每独出心裁的，制成各样的冰灯，或用麦苗作成一两条碧绿的长龙，把顾客招来。

除了悬灯，广场上还放花合。在城隍庙里并且燃起火判，火舌由判官的泥像的口、耳、鼻、眼中伸吐出来。公园里放起天灯，像巨星似的飞到天空。

男男女女都出来踏月、看灯、看焰火；街上的人拥挤不动。在旧社会里，女人们轻易不出门，她们可以在灯节里得到些自由。

小孩子们买各种花炮燃放，即使不跑到街上去淘气，在家中照样能有声有光的玩耍。家中也有灯：走马灯——原始的电影——宫灯、各形各色的纸灯，还有纱灯，里面有小铃，到时候就叮叮的响。大家还必须吃汤圆呀。这的确是美好快乐的日子。

一眨眼，到了残灯末庙，学生该去上学，大人又去照常作事，新年在正月十九结束了。腊月和正月，在农村社会里正是大家最闲在的时候，而猪牛羊等也正长成，所以大家要杀猪宰羊，酬劳一年的辛苦。过了灯节，天气转暖，大家就又去忙着干活了。北京虽是城市，可是它也跟着农村社会一齐过年，而且过得分外热闹。

在旧社会里，过年是与迷信分不开的。腊八粥，关东糖，除夕的饺子，都须先去供佛，而后人们再享用。除夕要接神；大年初二要祭财神，吃元宝汤（馄饨），而且有的人要到财神庙去借纸元宝，抢烧头股香。正月初八要给老人们顺星、祈寿。因此那时候最大的一笔浪费是买香蜡纸马的钱。现在，大家都不迷信了，也就省下这笔开销，用到有用的地方去。特别值得提到的是现在的儿童只快活地过年，而不受那迷信的熏染，他们只有快乐，而没有恐惧——怕神怕鬼。也许，现在过年没有以前那么热闹了，可是多么清醒健康呢。以前，人们过年是托神鬼的庇佑，现在是大家劳动终岁，大家也应当快乐地过年。

我国历史悠久，流传下来了很多优秀的传统文化和民风民俗，但与此同时，也存在着一些陈规陋习，甚至封建糟粕。我们要传承和发扬优秀的文化传统，抛弃陈规陋习，移风易俗。在你的身边，有哪些优秀的传统文化，又存在着哪些陋习呢？不妨和朋友讨论一下。

我的母亲

导读提示

《我的母亲》一文通过对母亲一生的描述，表达了对母亲的敬爱和对母亲恩情无以为报的愧疚之情，同时本文塑造了一位平凡而伟大的中国传统母亲的形象，这种传统形象有着典型东方女性的平凡而伟大的特质。文章多处运用“白描”的手法刻画人物，使母亲的形象活灵活现。

母亲的娘家是北平德胜门外，土城儿外边，通大钟寺的大路上的一个小村里。村里一共有四五家人家，都姓马。大家都种点不十分肥美的地，但是与我同辈的兄弟们，也有当兵的，作木匠的，作泥水匠的，和当巡察的。他们虽然是农家，却养不起牛马，人手不够的时候，妇女便也须下地作活。

对于姥姥家，我只知道上述的一点。外公外婆是什么样子，我就不知道了，因为他们早已去世。至于更远的族系与家史，就更不晓得了；穷人只能顾眼前的衣食，没有功夫谈论什么过去的光荣；“家谱”这字眼，我在幼年就根本没有听说过。

母亲生在农家，所以勤俭诚实，身体也好。这一点事实却极重要，因为假若我没有这样的一位母亲，我以为我恐怕也就要大大地打个折扣了。

母亲出嫁大概是很早，因为我的大姐现在已是六十多岁的老太婆，而我的大外甥女还长我一岁啊。我有三个哥哥，四个姐姐，但能长大成人的，只有大姐，二姐，三姐，三哥与我。我是“老”儿子。生我的时候，母亲已有四十一岁，大姐二姐已都出了阁。

由大姐与二姐所嫁入的家庭来推断，在我生下之前，我的家里，大概还马马虎虎地过得去。那时候定婚讲究门当户对，而大姐丈是作小官的，二姐丈也开过一间酒馆，他们都是相当体面的人。

可是，我，我给家庭带来了不幸：我生下来，母亲晕过去半夜，才睁眼看见她的老儿子——感谢大姐，把我揣在怀中，致未冻死。

一岁半，我把父亲“克”死了。

兄不到十岁，三姐十二三岁，我才一岁半，全仗母亲独力抚养了。父亲的寡姐跟我们一块儿住，她吸鸦片，她喜摸纸牌，她的脾气极坏。为我们的衣食，母亲要给人家洗衣服，缝补或裁缝衣裳。在我的记忆中，她的手终年是鲜红微肿的。白天，她洗衣服，洗一两大绿瓦盆。她作事永远丝毫也不敷衍，就是屠户们送来的黑如铁的布袜，她也给洗得雪白。晚间，她与三姐抱着一盏油灯，还要缝补衣服，一直到半夜。她终年没有休息，可是在忙碌中她还把院子屋中收拾得清清爽爽。桌椅都是旧的，柜门的铜活久已残缺不全，可是她的手老使破桌面上没有尘土，残破的铜活发着光。院中，父亲遗留下的几盆石榴与夹竹桃，永远会得到应有的浇灌与爱护，年年夏天开许多花。

哥哥似乎没有同我玩耍过。有时候，他去读书；有时候，他去学徒；有时候，他也去卖花生或樱桃之类的小东西。母亲含着泪把他送走，不到两天，又含着泪接他回来。我不明白这都是什么事，而只觉得与他很生疏。与母亲相依为命的是我与三姐。因此，她们作事，我老在后面跟着。她们浇花，我也张罗着取水；她们扫地，我就撮土……从这里，我学得了爱花，爱清洁，守秩序。这些习惯至今还被我保存着。

有客人来，无论手中怎么窘，母亲也要设法弄一点东西去款待。舅父与表哥们往往是自己掏钱买酒肉食，这使她脸上羞得飞红，可是殷勤的给他们温酒作面，又给她一些喜悦。遇上亲友家中有喜丧事，母亲必把大褂洗得干干净净，亲自去贺吊——份礼也许只是两吊小钱。到如今如我的好客的习性，还未全改，尽管生活是这么清苦，因为自幼儿看惯了的事情是不易改掉的。

姑母常闹脾气。她单在鸡蛋里找骨头。她是我家中的阎王。

直到我入了中学，她才死去，我可是没有看见母亲反抗过。“没受过婆婆的气，还不受大姑子的吗？命当如此！”母亲在非解释一下不足以平服别人的时候，才这样说。是的，命当如此。母亲活到老，穷到老，辛苦到老，全是命当如此。她最会吃亏。给亲友邻居帮忙，她总跑在前面：她会给婴儿洗三——穷朋友们可以因此少花一笔“请姥姥”钱——她会刮痧，她会给孩子们剃头，她会给少妇们绞脸……凡是她能作的，都有求必应。但是吵嘴打架，永远没有她。她宁吃亏，不逗气。当姑母死去的时候，母亲似乎把一世的委屈都哭了出来，一直哭到坟地。不知道哪里来的一位侄子，声称有承继权，母亲便一声不响，教他搬走那些破桌子烂板凳，而且把姑母养的一只肥母鸡也送给他。

可是，母亲并不软弱。父亲死在庚子闹“拳”的那一年。联军入城，挨家搜索财物鸡鸭，我们被搜两次。母亲拉着哥哥与三姐坐在墙根，等着“鬼子”进门，街门是开着的。“鬼子”进门，一刺刀先把老黄狗刺死，而后入室搜索。他们走后，母亲把破衣箱搬起，才发现了我。假若箱子不空，我早就被压死了。皇上跑了，丈夫死了，鬼子来了，满城是血光火焰，可是母亲不怕，她要在刺刀下，饥荒中，保护着儿女。北平有多少变乱啊，有时候兵变了，街市整条的烧起，火团落在我们院中。有时候内战了，城门紧闭，铺店关门，昼夜响着枪炮。这惊恐，这紧张，再加上一家饮食的筹划，儿女安全的顾虑，岂是一个软弱的老寡妇所能受得起的？可是，在这种时候，母亲的心横起来，她不慌不哭，要从无办法中想出办法来。她的泪会往心中落！这点软而硬的个性，也传给了我。我对一切人与事，都取和平的态度，把吃亏看作当然的。但是，在做人上，我有一定的宗旨与基本的法则，什么事都可将就，而不能超过自己划好的界限。我怕见生人，怕办杂事，怕出头露面；但是到了非我去不可的时候，我便不得不去，正像我的母亲。从私塾到小学，到中学，我经历过起码有廿位教师吧，其中有给我很大影响的，也有毫无影响的，但是我的真正的教师，把性格传给我的，是我的母亲。母亲并不识字，她给我的是生命的教育。

当我在小学毕了业的时候，亲友一致的愿意我去学手艺，好帮助母亲。我晓得我应当去找饭吃，以减轻母亲的勤劳困苦。可是，我也愿意升学。我偷偷地考入了师范学校——制服，饭食，书籍，宿处，都由学校供给。只有这样，我才敢对母亲提升学的话。入学，要交十元的保证金。这是一笔巨款！母亲作了半个月的难，把这巨款筹到，而后含泪把我送出门去。她不辞劳苦，只要儿子有出息。当我由师范毕业，而被派为小学校校长，母亲与我都一夜不曾合眼。我只说了句：“以后，您可以歇一歇了！”她的回答只有一串串的眼泪。我入学之后，三姐结了婚。母亲对儿女是都一样疼爱的，但是假若她也有点偏爱的话，她应当偏爱三姐，因为自父亲死后，家中一切的事情都是母亲和三姐共同撑持的。三姐是母亲的右手。但是母亲知道这右手必须割去，她不能为自己的便利而耽误了女儿的青春。

当花轿来到我们的破门外的时候，母亲的手就和冰一样的凉，脸上没有血色——那是阴历四月，天气很暖。大家都怕她晕过去。可是，她挣扎着，咬着嘴唇，手扶着门框，看花轿徐徐的走去。不久，姑母死了。三姐已出嫁，哥哥不在家，我又住学校，家中只剩母亲自己。她还须自晓至晚的操作，可是终日没人和她说一句话。新年到了，正赶上政府倡用阳历，不许过旧年。除夕，我请了两小时的假。由拥挤不堪的街市回到清炉冷灶的家中。母亲笑了。及至听说我还须回校，她愣住了。半天，她才叹出一口气来。到我该走的时候，她递给我一些花生，“去吧，小子！”街上是那么热闹，我却什么也没看见，泪遮迷了我的眼。今天，泪又遮住了我的眼，又想起当日孤独的过那凄惨的除夕的慈母。可是慈母不会再候盼着我了，她已入了土！

儿女的生命是不依顺着父母所设下的轨道一直前进的，所以老人总免不了伤心。我廿三岁，母亲要我结了婚，我不要。我请来三姐给我说情，老母含泪点了头。我爱母亲，但是我给了她最大的打击。时代使我成为逆子。廿七岁，我上了英国。为了自己，我给六十多岁的老母以第二次打击。在她七十大寿的那一天，我还远在异域。那天，据姐姐们后来告诉我，老太太只喝了两口酒，很早地便睡下。她想念她的幼子，而不便说出来。

七七抗战后，我由济南逃出来。北平又像庚子那年似的被鬼子占据了，可是母亲日夜惦念的幼子却跑西南来。母亲怎样想念我，我可以想象得到，可是我不能回去。每逢接到家信，

我总不敢马上拆看，我怕，怕，怕，怕有那不祥的消息。人，即使活到八九十岁，有母亲便可以多少还有点孩子气。失了慈母便像花插在瓶子里，虽然还有色有香，却失去了根。有母亲的人，心里是安定的。我怕，怕，怕家信中带来不好的消息，告诉我已是失了根的花草。

去年一年，我在家信中找不到关于老母的起居情况。我疑虑，害怕。我想象得到，如有不幸，家中念我流亡孤苦，或不忍相告。母亲的生日是在九月，我在八月半写去祝寿的信，算计着会在寿日之前到达。信中嘱咐千万把寿日的详情写来，使我不再疑虑。十二月二十六日，由文化劳军的大会上回来，我接到家信。我不敢拆读。就寝前，我拆开信，母亲已去世一年了！

生命是母亲给我的。我之能长大成人，是母亲的血汗灌养的。我之能成为一个不十分坏的人，是母亲感化的。我的性格，习惯，是母亲传给的。她一世未曾享过一天福，临死还吃的是粗粮。唉！还说什么呢？心痛！心痛！

读与思

母亲是孩子成长道路上的引领者、教育者、榜样，有的时候说是孩子人生前行的目标也不为过。母亲的言行对孩子的三观与人格都有深刻的影响，孩子是母亲的影子，也是母亲生命的延续。所谓的“言传身教”正是如此。回想一下，在你的成长过程中，母亲的哪些行为曾给你留下了深刻的印象？和朋友交流一下吧。

生日

《生日》创作于抗日战争时期，在当时的环境下，老舍为国事忧虑，为家人担忧，心乱如麻，不得安宁。虽是自己生日，但却无法静心。全文用近乎口语化的语言，似是自语，又似与朋友谈心，这种“谈话式”的语言特色令读者读来亲切自然，朗朗上口，因而产生愉悦的兴致，时刻吸引着读者继续往下读，并与作者产生共鸣。

常住在北方，每年年尾祭灶王的糖瓜一上市，朋友们就想到我的生日。即使我自己想马虎一下，他们也会兴高彩烈地送些酒来：“一年一次的事呀，大家喝几杯！”祭灶的爆竹声响，也就借来作为对个人又增长一岁的庆祝。

今年可不同了：连自幼同学而现在住在重庆的朋友们，也忘记了这回事，因为街上看不到糖瓜呀。我自己呢，当然不愿为这点小事去宣传一番；桌上虽有海戈兄前两天送来的一瓶家酿橘酒，也不肯独酌。这不是吃酒的时候！

从早晨一睁眼，我就盘算：今天决不吃酒。可是，应当休息一天：这几天虽然没能写出什么文章来，但乱七八糟的事也使身体觉出相当的疲累。一年一次的事呀，还不休息休息？

休息么？几乎没这个习惯。手一闲起来，就五鸡六兽的难过。于是，先写封家信吧；用不着推敲字句，而又不致手不摸笔，办法甚妥。

家信非常的难写，多少多少的心腹话，要说给最亲爱的人；可是，暴敌到处检查信件；书信稍长一些，即使挑不出毛病，也有被焚化了的危险——鬼子多疑，又不肯多破费工夫；烧了省事。好吧，写短一些吧。短，有什么写头儿呢？我搁下了笔。想起妻与儿女，想起沦陷区域的惨状……

又拿起笔来，赶快又放下，我能直道出抗战必胜的实情，去安慰家人吗？啊，国还未亡，已没了写信的自由！真猜不透那些以屈服为和平的人们长着怎样一副心肝！

由这个就想到接出家眷的问题。朋友们善意的相劝，已非一次：把她们接来吧！可是，路费从何而来呢？是的，才几百块钱的事罢咧，还至于……哼，几百块钱就足以要了一个穷写家的命！

“难道你就没有版税？”友人们惊异地问。

没有。商务的是交由文学社转发，文学社在哪儿？谁负责？不知道。良友的书早已被抢一空。开明有通知，暂停版税，容日补发。人间书屋刚移到广州，而广州弃守，书籍丢个干净……从前年“七七”到现在，只收到生活的十块来钱！

没钱办不了事，而钱又极难与写家结缘，我不明白为什么有许多人总以为作家可羡慕。

家信不写也罢。

噢，也许作家的清贫值得羡慕。可是，我并没看见有谁因羡慕清贫而少吃一次冠生园！

信既不写，又不能空过这一天，好，还是写文章吧。这穷人的生日，只好在纸墨中过了吧。

写了几句，心中太乱。家，国，文艺，穷，病……没法使思想集中。求稿子的人惯说：“好歹给凑凑，哪怕是一两千字呢！好吧，明天下午来取！”仿佛作家不准有感情与心事，而只须一动开关，像电灯似的，就笔下生辉？

明天还有许多事呢：一个讲演，一家朋友结婚，约友人谈鼓词的写法，还要去看一位朋友……那么，今天还是非写出一点来不可；明天终日不得空闲。

我知道，这该到头疼的时候了。果然，头从脑子那溜儿起了一道热纹，大概比电灯里的细丝还细上多少倍。然后，脑中空了一块，而太阳穴上似乎要裂开些缝子。

出去转转吧？正落着毛毛雨。睡一会儿？宿舍里吵得要命。

怕笔尖干了，连连沾墨。写几个字，抹了；再写，再抹；

看一会儿桌头上小儿女照片，想象着她们怎样念叨：“爸的生日，今天！”而后，再写，再抹……

写家的生活里并没有诗意呀，头疼是自献的寿礼！

读与思

生日对每个人来说都是很重要的一天，每个人都会以不同的方式来庆祝自己的生日。想把自己的生日过得别出心裁、有意义本无可厚非，但是现在却流行一种风气，将生日作为攀比的竞技场，这其实是对生日的意义的歪曲的理解。你觉得生日应该怎样过才更有意义？不妨和朋友讨论一下吧！

小病

老舍认为，常患些小病是必要的，也是有趣的，是一种“雅好的奢侈”，并且对“必要”而且“有趣”的小病做了界定：在阿司匹林和清瘟解毒丸的控制能力范围，即“自己能当大夫的”小病。文章娓娓道来，涉笔成趣，借由“小病”“小”题大做，亦庄亦谐，表露出了作者“在全部生活艺术中搜求出来”的人生智慧和写作技巧。

大病往往离死太近，一想便寒心，总以不患为是。即使承认病死比杀头活埋剥皮等死法光荣些，到底好死不如歹活着。半死不活的味道使盖世的英雄泪下如涌呀。拿死吓唬任何生物是不人道的。大病专会这么吓唬人，理当回避，假若不能扫除净尽。

可是小病便当另作一说了。山上的和尚思凡，比城里的学生要厉害许多。同样，楚霸王不害病则没得可说，一病便了不得。生活是种律动，须有光有影，有左有右，有晴有雨；滋味就含在这变而不猛的曲折里。微微暗些，然后再明起来，则暗得有趣，而明乃更明；且不至明过了度，忽然烧断，如百烛电灯泡然。这个，照直了说，便是小病的作用。常患些小病是必要的。

所谓小病，是在两种小药的能力圈内，阿司匹林与清瘟解毒丸是也。这两种药所不治的病，顶好快去请大夫，或者立下遗嘱，备下棺材，也无所不可，咱们现在讲的是自己能当大夫的“小”病。这种小病，平均每个半月犯一次就挺合适。一年四季，平均犯八次小病，大概不会再患什么重病了。自然也有爱患完小病再患大病的人，那是个人的自由，不在话下。

咱们说的这类小病很有趣。健康是幸福；生活要趣味。所以应当讲说一番：

小病可以增高个人的身份。不管一家大小是靠你吃饭，还是你白吃他们，日久天长，大家总对你冷淡。假若你是挣钱的，你越尽责，人们越挑眼，好像你是条黄狗，见谁都得连忙摆尾；一尾没摆到，即使不便明言，也暗中唾你几口。不大离的你必得病一回，必得！早晨起来，哎呀，头疼！买清瘟解毒丸去，还有阿司匹林吗？不在乎要什么，要的是这个声势，狗的地位提高了不知多少。连懂点事的孩子也要闭眼想想了——这棵树可是倒不得呀！你在这时节可以发散发散狗的苦闷了，

清瘟解毒丸
阿司匹林

卫生的要术。你若是个白吃饭的，这个方法也一样灵验。特别是妈妈与老嫂子，一见你真需要阿司匹林，她们会知道你没得到你所应得的尊敬，必能设法安慰你：去听听戏，或带着孩子们看电影去吧？她们诚意地向你商量，本来你的病是吃小药饼或看电影都可以治好的，可是你的身份高多了呢。在朋友中，社会中，光景也与此略同。

此外，小病两日而能自己治好，是种精神的胜利。人就是别投降给大夫。无论国医西医，一律招惹不得。头疼而去找西医，他因不能断症——你的病本来不算什么——一定嘱告你住院，而后详加检验，发现了你的小脚指头不是好东西，非割去不可。十天之后，头疼确是好了，可是足指剩了九个。国医文明一些，不提小脚指头这一层，而说你气虚，一开便开二十味药，他越摸不清你的脉，越多开药，意在把病吓跑。就是不找大夫。预防大病来临，时时以小病发散之，而小病自己会治，这就等于“吃了萝卜喝热茶，气得大夫满街爬”！

有宜注意者：不当害这种病时，别害。头疼，大则足以失去一个王位，小则能惹出是非。设个小比方：长官约你陪客，你说头疼不去，其结果有不易消化者。怎样利用小病，须在全部生活艺术中搜求出来。看清机会，而后一想象，乃由无病而有病，利莫大焉。

这个，从实际上看，社会上只有一部分人能享受，差不多是一种雅好的奢侈。可是，在一个理想国里，人人应该有这个自由与享受。自然，在理想国内也许有更好的办法；不过，什么办法也不及这个浪漫，这是小品病。

读与思

在生活中，一些挫折和困难就像小病小恙一般难以避免，但如果用不同的心态面对，就会产生不同的结果。有人乐观积极，把它当作一种自我挑战和锻炼，轻松面对；有人则消极悲观，感觉遇到了天大的难题，就会越发紧张焦虑。你是如何看待这个问题的？不妨和朋友讨论一下。

当幽默变成油抹

幽默诙谐的风格是老舍先生创作的风格,《当幽默变成油抹》讲述了非常生活化的一个小故事,文中通过对人物的神态描写和语言描写,将父母和子女的形象刻画得灵活、生动,最终让读者明白:艺术的幽默是内在的,是源于生命深处的,不能只追求表面笑料,以求一笑了之,而要使幽默更具深厚的思想底蕴,形成一种丰富的内在艺术力量。

小二小三玩腻了:把落花生的尖端咬开一点,夹住耳唇当坠子,已经不能再作,因为耳坠不晓得是怎回事,全到了他们肚里去;还没有人能把花生吃完再拿它当耳坠!《儿童世界》上的插图也全看完了,没有一张满意的,因为据小二看,画着王家小五是王八的才能算好画,可是插画里没有这么一张。小二和王家小五前天打了一架,什么也不因为,并且一点不是小二的错,一点也不是小五的错;谁的错呢?没人知道。“小三,你当马吧？”小三这时节似乎什么也愿意干，只是不愿意当马。“再不然，咱们学狗打架玩？”小二又出了主意。“也好，可是得真咬耳朵？”小三愿事先问好，以免咬了小二的耳朵而去告诉妈妈。咬了耳朵还怎么再夹上花生当耳坠呢？小二不愿意。唱戏吧？好，唱戏。但是，先看看爸和妈干什么呢。假如爸不在家，正好偷偷的翻翻他那些杂志，有好看的图画可以撕下一两张来；然后再唱戏。

爸和妈都在书房里。爸手里拿着本薄杂志，可是没看；妈手里拿着些毛绳，可是没织；他们全笑呢。小二心里说大人也是好玩呀，不然，爸为什么拿着书不看，妈为什么拿着线不织？

爸说：“真幽默，哎呀，真幽默！”爸嘴上的笑纹几乎通到耳根上去。

这几天爸常拿着那么一薄本米色皮的小书喊幽默。

小二小三自然是不懂什么叫幽默，而听成了油抹；可是油抹有什么可笑呢？小三不是为把油抹在袖口上挨过一顿打吗！大人油抹就不挨打而嘻嘻，不公道！

爸念了，一边念一边嘻嘻，眼睛有时候像要落泪，有时候一句还没念完，嘴里便哈哈哈。妈也跟着嘻嘻嘻。念的什么子路——小三听成了紫鹿——又是什么三民主义，而后嘻嘻嘻——一点也不可笑，而爸与妈偏嘻嘻嘻！

决定过去看看那小本是什么。爸不叫他们看：“别这儿捣乱，一边儿玩去！”妈也说：“玩去，等爸念完再来！”好像这个小薄本比什么都重要似的！也许爸和妈都吃多了；妈常说小孩子吃多了就胡闹，爸与妈也是如此。

念了半天，爸看了看表，然后把小本折好了一页，极小心地放在写字台的抽屉里：“晚上再念；得出门了。”

“再念一段！”妈这半天连一针活也没作，还说再念一段呢，真不害羞！小三心里的小手指头直在脸上削，“没羞没臊，当间儿画个黑老道！”

“晚上，晚上！凑巧还许把第十期买来呢！”爸说，还是笑着。

爸爸走了，走到院里还嘻嘻呢；爸是吃多了！

妈拿着活计到里院去了。

小二小三决定要犯犯“不准动爸的书”的戒命。等妈走远了，轻轻地开了抽屉，拿出那本叫爸和妈嘻嘻的宝贝。他们全把大拇指放在嘴里咂着，大气不出地去找那招人笑的小鬼。他们以为书中必是有个小鬼，这个小鬼也许就叫做油抹。人一见油抹就要嘻嘻，或是哈哈。找了半天，一篇一篇全是黑字！有一张画，看不懂是什么，既不是小兔搬家，又不是小狗成亲，简直的什么也不像！这就可乐呀？字和这样的画要是可乐，为什么妈不许我们在墙上写字画图呢？

“咱们还是唱戏去吧？”小三不耐烦了。

“小三，看，这个小盒也在这儿呢，爸不许咱们动，楞偷偷地看看？”小二建议。

已经偷看了书，为什么不再偷看看小盒？就是挨打也是一顿。小三想得很精密。

把小盒轻轻打开，喝，里边一管挨着一管，都是刷牙膏，可是比刷牙膏的管小些细些。小二把小铅盖转了转，挤，咕——挤出滑溜溜的一条小红虫来，哎呀有趣！小三的眼睁得像两个新铜子，又亮又圆。“来，我挤一个！”他另拿了管，咕——挤出条碧绿的小虫来。

一管一管，全挤过了，什么颜色的也有，真好玩！小二拿起盒里的一支小硬笔，往笔上挤了些红膏，要往牙上擦。

“小二，别，万一这是爸的冻疮药呢？”

“不能，冻疮药在妈的抽屉里呢。”

“等等，不是药，也许呀，也许呀——”小三想了半天想不出是什么。

“这么着吧，小三，把小管全挤在桌上，咱们打花脸吧？”

“唱——那天你和爸听什么来着？”小三的戏剧知识只是由小二得来的那些。

“有花脸的那个？嘀咕的嘀咕嘀嘀咕！《黄鹤楼》！”

“就唱《黄鹤楼》吧！你打红脸，我打绿脸。嘀咕嘀——”

“《黄鹤楼》里没有绿脸！”小二觉得小三对扮戏是没发言权的。

“假装的有个绿脸就得了吗！糖挑上的泥人戏出就有绿

脸的。”

两个把管里的小虫全挤得越长越好，而后用小硬笔往脸上抹。

“小二，我说这不是牙膏，你瞧，还油亮油亮的呢。呵，抹在脸上有点漆得慌！”

“别说话；你的嘴直动，我怎给你画呀？！”小二给小三的腮上打些紫道，虽然小三是要打绿脸。

正这么打脸，没想到，爸回来了！

“你们俩干什么呢？干什么呢！”

“我们——”小二一慌把小刷子放在小三的头上。

小三，正闭着眼等小二给画眉毛，睁开了眼。

“你们干什么？！”爸是动了气：“二十多块一盒的油！”

“对啦，爸，我们这儿油抹呢！”小三直抓腮部，因为油漆得不好受。

“什么油抹呀？”

“不是爸看这本小书的时候，跟妈说，真油抹，爸笑妈也笑吗？”

“这本小书？”爸指着桌上那本说，“从此不再看《论语》！”

爸真生了气。一下子坐在椅子上，气哼哼的，不自觉的，从衣袋里掏出一本小书——样子和桌上那本一样。

趁着爸看新买来的小书，小二小三七手八脚把小管全收在盒里，小三从头上揭下小笔，也放进去。

爸又看入了神，嘴角又慢慢往上弯。小二们的《黄鹤楼》是不敢唱了，可也不敢走开，敬候着爸的发落。

爸又嘻嘻了，拍了大腿一下："真幽默！"

小三向小二咬耳朵："爸是假装油抹，咱们才是真油抹呢！"

读与思

幽默是有深层次的含义的，而不是极尽插科打诨之能的肤浅的搞笑。在我们的生活中，经常会遇到一些喜欢乱开玩笑的人，不分时间、不分场合、不分对象，说一些自以为很幽默但却让对方听起来很不舒服的话语。这其实并不是幽默，而是没有教养的体现。你是如何看待这个问题的呢？

柳家大院

《柳家大院》是老舍著名的短篇小说之一。作者用小市民的视角来审视生活，并以其口吻讲述了一个家庭的悲剧的故事。文章语言朴实而滑稽，多次运用“暗讽”，通过对人物形象的深刻描写，将家庭矛盾上升到社会矛盾，让人们深刻反思这个严重的社会问题。可以说是通过对一个家庭的悲剧的呈现，映射了一个民族的社会悲剧。

这两天我们的大院里又透着热闹，出了人命。

事情可不能由这儿说起，得打头儿来。先交代我自己吧，我是个算命的先生。我也卖过酸枣、落花生什么的，那可是先前的事了。现在我在街上摆卦摊，好了呢，一天也抓弄个三毛五毛的。老伴儿早死了，儿子拉洋车。我们爷儿俩住着柳家大院的一间北房。

除了我这间北房，大院里还有二十多间房呢。一共住着多少家子？谁记得清！住两间房的就不多，又搭上今个搬来，明儿又搬走，我没有那么好记性。大家见面招呼声“吃了吗”，透着和气；不说呢，也没什么。大家一天到晚为嘴奔命，没有工夫扯闲话儿。爱说话的自然也有啊，可是也得先吃饱了。

还就是我们爷儿俩和王家可以算作老住户，都住了一年多了。早就想搬家，可是我这间屋子下雨还算不十分漏；这个世界哪去找不十分漏水的屋子？不漏的自然有哇，也得住得起呀！再说，一搬家又得花三份儿房钱，莫如忍着吧。晚报上常说什么“平等”，铜子儿不平等，什么也不用说。这是实话。就拿媳妇们说吧，娘家要是不使彩礼，她们一定少挨点揍，是不是？

王家是住两间房。老王和我算是柳家大院里最“文明”的人了。“文明”是三孙子，话先说在头里。我是算命的先生，眼前的字儿颇念一气。天天我看俩大子的晚报。“文明”人，就凭看篇晚报，别装孙子啦！老王是给一家洋人当花匠，总算混着洋事。其实他会种花不会，他自己晓得；若是不会的话，大概他也不肯说。给洋人院里剪草皮的也许叫作花匠；无论怎说吧，老王有点好吹。有什么意思？剪草皮又怎么低下呢？老王想不开这一层。要不怎么我们这种穷人没起色呢，穷不是，还好吹两句！大院里这样的人多了，老跟“文明”人学；好像“文明”人的吹胡子瞪眼睛是应当应分。反正他挣钱不多，花匠也罢，草匠也罢。

老王的儿子是个石匠，脑袋还没石头顺溜呢，没见过这么死巴的人。他可是好石匠，不说屈心话。小王娶了媳妇，比他小着十岁，长得像搁陈了的窝窝头，一脑袋黄毛，永远不乐，一挨揍就哭，还是不短挨揍。老王还有个女儿，大概也有十四五岁了，又贼又坏。他们四口住两间房。

除了我们两家，就得算张二是老住户了；已经在这儿住了六个多月。虽然欠下俩月的房钱，可是还对付着没叫房东给撵出去。张二的媳妇嘴真甜甘，会说话；这或者就是还没叫撵出去的原因。自然她只是在要房租来的时候嘴甜甘；房东一转身，你听她那个骂。谁能不骂房东呢；就凭那么一间狗窝，一月也要一块半钱？！可是谁也没有她骂得那么到家，那么解气。连我这老头子都有点爱上她了，不是为别的，她真会骂。可是，任凭怎么骂，一间狗窝还是一块半钱。这么一想，我又不爱她了。没真章儿，骂骂算得了什么呢。

张二和我的儿子同行，拉车。他的嘴也不善，喝俩铜子的“猫尿”能把全院的人说晕了；穷嚼！我就讨厌穷嚼，虽然张二不是坏心肠的人。张二有三个小孩，大的捡煤核，二的滚车辙，三的满院爬。

提起孩子来了，简直的说不上来他们都叫什么。院子里的孩子足够一混成旅，怎能记得清楚呢？男女倒好分，反正能光眼子就光着。在院子里走道总得小心点；一慌，不定踩在谁的身上呢。踩了谁也得闹一场气。大人全憋着一肚子委屈，可不就抓个碴儿吵一阵吧。越穷，孩子越多，难道穷人就不该养孩子？不过，穷人也真得想个办法。这群小光眼子将来都干什么去呢？又跟我的儿子一样，拉洋车？我倒不是说拉洋车就低得，我是说人就不应当拉车；人嘛，当牛马？可是，好些个还活不到能拉车的年纪呢。今年春天闹瘟疹，死了一大批。最爱打孩子的爸爸也咧着大嘴哭，自己的孩子哪有不心疼的？可是哭完也就完了，小席头一卷，夹出城去；死了就死了，省吃是真的。腰里没钱心似铁，我常这么说。这不像一句话，总得想个办法！

除了我们三家子，人家还多着呢。可是我只提这三家子就够了。我不是说柳家大院出了人命吗？死的就是王家那个小媳妇——像窝窝头那位。我说过她像窝窝头，这可不是拿死人打哈哈。我也不是说她“的确”像窝窝头。我是替她难受，替和她差不多的姑娘媳妇们难受。我就常思索，凭什么好好的一个姑娘，养成像窝窝头呢？从小儿不得吃，不得喝，还能油光水滑的吗？是，不错，可是凭什么呢？

少说闲话吧；是这么回事：老王第一个不是东西。我不是说他好吹吗？是，事事他老学那些“文明”人。娶了儿媳妇，喝，他不知道怎么好了。一天到晚对儿媳妇挑鼻子弄眼睛，派头大了。为三个钱的油，两个大的醋，他能闹得翻江倒海。我知道，穷人肝气旺，爱吵架。老王可是有点存心找毛病；他闹气，不为别的，专为学学“文明”人的派头。他是公公；公公几个铜子儿一个！我真不明白，为什么穷小子单要充“文明”，这是哪一股儿毒气呢？早晨，他起得早，总得也把小媳妇叫起来，其实有什么事呢？他要立这个规矩，穷酸！她稍微晚起来一点，听吧，这一顿揍！

我知道，小媳妇的娘家使了一百块的彩礼。他们爷儿俩大概再有一年也还不清这笔亏空，所以老拿小媳妇出气。可是要专为这一百块钱闹气，也倒罢了，虽然小媳妇已经够冤枉的。他不是专为这点钱。他是学“文明”人呢，他要作足了当公公的气派。他的老伴不是死了吗，他想把婆婆给儿媳妇的折磨也由他承办。他变着方儿挑她的毛病。她呢，一个十七岁的孩子可懂得什么？跟她耍排场？我知道他那些排场是打哪儿学来的：在茶馆里听那些“文明”人说的。他就是这么个人——和“文明”人要是过两句话，替别人吹几句，脸上立刻能红堂堂的。在洋人家里剪草皮的时候，洋人要是跟他过一句半句的话，他能把尾巴摆动三天三夜。他确是有尾巴。可是他摆一辈子的尾巴了，还是住破大院啃窝窝头。我真不明白！

老王上工去的时候，把磨折儿媳妇的办法交给女儿替他办。那个贼丫头！我一点也没有看不起穷人家的姑娘的意思；她们给人家作丫环去呀，作二房去呀，是常有的事（不是应该的事），那能怨她们吗？不能！可是我讨厌王家这个二妞，她和她爸爸一样的讨人嫌，能钻天觅缝地给她嫂子小鞋穿，能大睁白眼地乱造谣言给嫂子使坏。我知道她为什么这么坏，她是由那个洋人供给着在一个工读学校念书，她一万多个看不上她的嫂子。她也穿一双整鞋，头发上也戴着一把梳子，瞧她那个美！我就这么琢磨这回事：世界上不应当有穷有富。可是穷人要是狗着有钱的，往高处爬，比什么也坏。老王和二妞就是好例子。她嫂子要是作一双青布新鞋，她变着方儿给踩上泥，然后叫他爸爸骂儿媳妇。我没工夫细说这些事儿，反正这个小媳妇没有一天得着好气；有的时候还吃不饱。

小王呢，石厂子在城外，不住在家里。十天半月地回来一趟，一定揍媳妇一顿。在我们的柳家大院，揍儿媳妇是家常便饭。谁叫老婆吃着男子汉呢，谁叫娘家使了彩礼呢，挨揍是该当的。可是小王本来可以不揍媳妇，因为他轻易不家来，还愿意回回闹气吗？哼，有老王和二妞在旁边唧咕啊。老王罚儿媳妇挨饿，跪着；到底不能亲自下手打，他是自居为“文明”人的，哪能落个公公打儿媳妇呢？所以挑唆儿子去打；他知道儿子是石匠，打一回胜似别人打五回的。儿子打完了媳妇，他对儿子和气极了。二妞呢，虽然常拧嫂子的胳臂，可也究竟是不过瘾，恨不能看着哥哥把嫂子当作石头，一下子捶碎才痛快。我告诉你，一个女人要是看不起另一个女人的，那就是活对头。二妞自居女学生；嫂子不过是花一百块钱买来的一个活窝窝头。

王家的小媳妇没有活路。心里越难受，对人也越不和气；全院里没有爱她的人。她连说话都忘了怎么说了。也有痛快的时候，见神见鬼地闹“撞客”。总是在小王揍完她走了以后，她又哭又说，一个人闹欢了。我的差事来了，老王和我借宪书，抽她的嘴巴。他怕鬼，叫我去抽。等我进了她的屋子，把她安慰得不哭了——我没抽过她，她要的是安慰，几句好话——他进来了，掐她的人中，用草纸熏；其实他知道她已缓醒过来，故意的惩治她。每逢到这个节骨眼，我和老王吵一架。平日他们吵闹我不管；管又有什么用呢？我要是管，一定是向着小媳妇；这岂不更给她添堵？所以我不管。不过，每逢一闹撞客，我们俩非吵不可了，因为我是在那儿，眼看着，还能一语不发？奇怪的是这个，我们俩吵架，院里的人总说我不对；妇女们也这么说。他们以为她该挨揍。他们也说我多事。男的该打女的，公公该管教儿媳妇，小姑子该给嫂子气受，他们这群男女信这个！怎么会信这个呢？谁教给他们的呢？哪个王八蛋的“文明”可笑，又可哭！

前两天，石匠又回来了。老王不知怎么一时心顺，没叫儿子揍媳妇，小媳妇一见大家欢天喜地，当然是喜欢，脸上居然有点像要笑的意思。二妞看见了这个，仿佛是看见天上出了两个太阳。一定有事！她嫂子正在院子里作饭，她到嫂子屋里去搜开了。一定是石匠哥哥给嫂子买来了体己的东西，要不然她不会脸上有笑意。翻了半天，什么也没翻出来。我说“半天”，意思是翻得很详细；小媳妇屋里的东西还多得了吗？我们的大院里凑到一块也找不出两张整桌子来，要不怎么不闹贼呢。我们要是有钱票，是放在袜筒儿里。

二妞的气大了。嫂子脸上敢有笑容？不管查得出私弊查不出，反正得惩治她！

小媳妇正端着锅饭澄米汤，二妞给了她一脚。她的一锅饭出了手。“米饭”！不是丈夫回来，谁敢出主意吃“饭”！她的命好像随着饭锅一同出去了。米汤还没澄干，稀粥似的，雪白的饭摊在地上。她拚命用手去捧，滚烫，顾不得手；她自己还不如那锅饭值钱呢。实在太热，她捧了几把，疼到了心上，米汁把手糊住。她不敢出声，咬上牙，扎着两只手，疼得直打转。

“爸！瞧她把饭全洒在地上啦！”二妞喊。

爷儿俩全出来了。老王一眼看见饭在地上冒热气，登时就疯了。他只看了小王那么一眼，已然是说明白了：“你是要媳妇，还是要爸爸？”

小王的脸当时就涨紫了，过去揪住小媳妇的头发，拉倒在地。小媳妇没出一声，就人事不知了。

“打！往死了打！打！”老王在一旁嚷，脚踢起许多土来。

二妞怕嫂子是装死，过去拧她的大腿。

院子里的人都出来看热闹，男人不过来劝解，女的自然不敢出声；男人就是喜欢看别人揍媳妇——给自己的那个老婆一个榜样。

我不能不出头了。老王很有揍我一顿的意思。可是我一出头，别的男人也蹭过来。好说歹说，算是劝开了。

第二天一清早，小王老王全去作工。二妞没上学，为是继续给嫂子气受。

张二嫂动了善心，过来看看小媳妇。因为张二嫂自信会说话，所以一安慰小媳妇，可就得罪了二妞。她们俩抬起来了。当然二妞不行，她还说得过张二嫂！“你这个丫头要不……我不姓张！”一句话就把二妞骂闷过去了，“三秃子给你俩大子，你就叫他亲嘴；你当我没看见呢？有这么回事没有？有没有？”二嫂的嘴就堵着二妞的耳朵眼，二妞直往后退，还说不出话来。

这一场过去，二妞搭讪着上了街，不好意思再和嫂子闹了。

小媳妇一个人在屋里，工夫可就大啦。张二嫂又过来看一眼，小媳妇在炕上躺着呢，可是穿着出嫁时候的那件红袄。张二嫂问了她两句，她也没回答，只扭过脸去。张家的小二，正在这么工夫跟个孩子打起来，张二嫂忙着跑去解围，因为小二被敌人给按在底下了。

二妞直到快吃饭的时候才回来，一直奔了嫂子的屋子去，看看她作好了饭没有。二妞向来不动手作饭，女学生嘛！一开屋门，她失了魂似的喊了一声，嫂子在房梁上吊着呢！一院子的人全吓惊了，没人想起把她摘下来，谁肯往人命事儿里搀合呢？

二妞捂着眼吓成孙子了。“还不找你爸爸去？！”不知道谁说了这么一句，她扭头就跑，仿佛鬼在后头追她呢。

老王回来也傻了。小媳妇是没有救儿了；这倒不算什么，脏了房，人家房东能饶得了他吗？再娶一个，只要有钱；可是上次的债还没归清呢！这些个事叫他越想越气，真想咬吊死鬼儿几块肉才解气！

娘家来了人，虽然大嚷大闹，老王并不怕。他早有了预备，早问明白了二妞，小媳妇是受张二嫂的挑唆才想上吊；王家没逼她死，王家没给她气受。你看，老王学“文明”人真学得到家，能瞪着眼扯谎。

张二嫂可抓了瞎，任凭怎么能说会道，也禁不住贼咬一口，入骨三分！人命，就是自己能分辩，丈夫回来也得闹一阵。打官司自然是不会打的，柳家大院的人还敢打官司？可是老王和二妞要是一口咬定，小媳妇的娘家要是跟她要人呢，这可不好办！柳家大院的人是有眼睛的，不过，人命关天，大家不见得敢帮助她吧？果然，张二一回来就听说了，自己的媳妇惹了祸。谁还管青红皂白，先揍完再说，反正打媳妇是理所当然的事。张二嫂挨了顿好的。

小媳妇的娘家不打官司；要钱；没钱再说厉害的。老王怕什么偏有什么；前者娶儿媳妇的钱还没还清，现在又来了一档子！可是，无论怎样，也得答应着拿钱，要不然屋里放着吊死鬼，总不像句话。

小王也回来了，十分像个石头人，可是我看得出，他的心

里很难过，谁也没把死了的小媳妇放在心上，只有小王进到屋中，在尸首旁边坐了半天。要不是他的爸爸“文明”，我想他决不会常打她。可是，爸爸“文明”，儿子也自然是要孝顺了，打吧！一打，他可就忘了他的胳臂本是砸石头的。他一声没出，在屋里坐了好大半天，而且把一条新裤子——就是没补丁呀——给媳妇穿上。他的爸爸跟他说什么，他好像没听见。他一个劲儿地吸蝙蝠牌的烟，眼睛不错眼珠地看着点什么——别人都看不见的一点什么。

娘家要一百块钱——五十是发送小媳妇的，五十归娘家人用。小王还是一语不发。老王答应了拿钱。他第一个先找了张二去。“你的媳妇惹的祸，没什么说的，你拿五十，我拿五十；要不然我把吊死鬼搬到你屋里来。”老王说得温和，可又硬张。

张二刚喝了四个大子的猫尿，眼珠子红着。他也来得不善：“好王大爷的话，五十？我拿！看见没有？屋里有什么你拿什么好了。要不然我把这两个大孩子卖给你，还不值五十块钱？小三的妈！把两个大的送到王大爷屋里去！会跑会吃，决不费事，你又没个孙子，正好嘛！”

老王碰了个软的。张二屋里的陈设大概一共值不了几个铜子儿！俩孩子？叫张二留着吧。可是，不能这么轻轻地便宜了张二；拿不出五十呀，三十行不行？张二唱开了《打牙牌》，好像很高兴似的。“三十干吗？还是五十好了，先写在账上，多喒我叫电车轧死，多喒还你。”

老王想叫儿子揍张二一顿。可是张二也挺壮，不一定能揍得了他。张二嫂始终没敢说话，这时候看出一步棋来，乘机会自己找找脸："姓王的，你等着好了，我要不上你屋里去上吊，我不算好老婆，你等着吧！"

老王是"文明"人，不能和张二嫂斗嘴皮子。而且他也看出来，这种野娘们什么也干得出来，真要再来个吊死鬼，可就更吃不了兜着走了。老王算是没敲上张二，张二由《打牙牌》改成了《刀劈三关》。

其实老王早有了"文明"主意，跟张二这一场不过是虚晃一刀。他上洋人家里去，洋大人没在家，他给洋太太跪下了，要一百块钱。洋太太给了他，可是其中的五十是要由老王的工钱扣的，不要利钱。

老王拿着钱回来了，鼻子朝着天。

开张殃榜就使了八块；阴阳生要不开这张玩艺，麻烦还小得了吗。这笔钱不能不花。

小媳妇总算死得"值"。一身新红洋缎的衣裤，新鞋新袜子，一头银白铜的首饰。十二块钱的棺材。还有五个和尚念了个光头三。娘家弄了四十多块去；老王无论如何不能照着五十的数给。

事情算是过去了，二妞可遭了报，不敢进屋子。无论干什么，她老看见嫂子在房梁上挂着呢。老王得搬家。可是，脏房谁来住呢？自己住着，房东也许马马虎虎不究真儿；搬家，不叫赔房才怪呢。可是二妞不敢进屋睡觉也是个事儿。况且儿媳妇已经死了，何必再住两间房？让出那一间去，谁肯住呢？这倒难办了。

老王又有了高招儿，儿媳妇一死，他更看不起女人了。四五十块花在死鬼身上，还叫她娘家拿走四十多，真堵得慌。因此，连二妞的身份也落下来了。干脆把她打发了，进点彩礼，然后赶紧再给儿子续上一房。二妞不敢进屋子呀，正好，去她的。卖个三百二百的，除给儿子续娶之外，自己也得留点棺材本儿。

他搭讪着跟我说这个事。我以为要把二妞给我的儿子呢；不是，他是托我给留点神，有对事的外乡人肯出三百二百的就行。我没说什么。

正在这个时候，有人来给小王提亲，十八岁的大姑娘，能洗能作，才要一百二十块钱的彩礼。老王更急了，好像立刻把二妞铲出去才痛快。

房东来了，因为上吊的事吹到他耳朵里。老王把他唬回去了：房脏了，我现在还住着呢！这个事怨不上来我呀，我一天到晚不在家；还能给儿媳妇气受？架不住有坏街坊，要不是张二的娘们，我的儿媳妇能想得起上吊？上吊也倒没什么，我呢，现在又给儿子张罗着，反正混着洋事，自己没钱呀，还能和洋人说句话，接济一步。就凭这回事说吧，洋人送了我一百块钱！

房东叫他给唬住了，跟旁人一打听，的的确确是由洋人那儿拿来的钱，而且大家都很佩服老王。房东没再对老王说什么，不便于得罪混洋事的。可是张二这个家伙不是好调货，欠下两个月的房租，还由着娘们拉舌头扯簸箕，撵他搬家！张二嫂无论怎么会说，也得补上俩月的房钱，赶快滚蛋！

张二搬走了，搬走的那天，他又喝得醉猫似的。张二嫂臭骂了房东一大阵。

等着看吧。看二妞能卖多少钱，看小王又娶个什么样的媳妇。什么事呢！“文明”是三孙子，还是那句！

读与思

人，是社会性的、组织性的。生活在世界上，便同这个世界产生着各种维度的联系。那么，学会与他人相处，学会善待别人就变成了一件很重要的事情。人，总是需要关心和帮助的，只有善待他人，自己才会融入人群，最终也才能得到他人的善待。所以说，善待别人就是善待自己。你说对吗?

断魂枪

《断魂枪》是现代文学史上最优秀的短篇小说之一。作者用极短的篇幅，讲述了一个情节跌宕起伏，人物丰满，且蕴含着丰富的社会历史文化意义的小说，其内涵非常耐人寻味。作者善于用烘托和对照的手法塑造人物形象，使得人物形象栩栩如生。把个人命运的小故事和时代变迁的历史大背景结合起来，在短小的篇幅里营造出了大格局。

沙子龙的镖局已改成客栈。

东方的大梦没法子不醒了。炮声压下去马来与印度野林中的虎啸。半醒的人们，揉着眼，祷告着祖先与神灵；不大会儿，失去了国土、自由与主权。门外立着不同面色的人，枪口还热着。他们的长矛毒弩，花蛇斑彩的厚盾，都有什么用呢？连祖先与祖先所信的神明全不灵了啊！龙旗的中国也不再神秘，有了火车呀，穿坟过墓破坏着风水。枣红色多穗的镖旗，绿鲨皮鞘的钢刀，响着串铃的口马，江湖上的智慧与黑话，义气与声名，连沙子龙，他的武艺、事业，都梦似的变成昨夜的。今天是火车、快枪，通商与恐怖。听说，有人还要杀下皇帝的头呢！

这是走镖已没有饭吃，而国术还没被革命党与教育家提倡起来的时候。

谁不晓得沙子龙是短瘦、利落、硬棒，两眼明得像霜夜的大星？可是，现在他身上放了肉。镖局改了客栈，他自己在后小院占着三间北房，大枪立在墙角，院子里有几只楼鸽。只是在夜间，他把小院的门关好，熟习熟习他的“五虎断魂枪”。这条枪与这套枪，二十年的工夫，在西北一带，给他创出来“神枪沙子龙”五个字，没遇见过敌手。现在，这条枪与这套枪不会再替他增光显胜了；只是摸摸这凉、滑、硬而发颤的杆子，使他心中少难过一些而已。只有在夜间独自拿起枪来，才能相信自己还是“神枪沙”。在白天，他不大谈武艺与往事；他的世界已被狂风吹了走。

在他手下创练起来的少年们还时常来找他。他们大多数是没落子弟，都有点武艺，可是没地方去用。有的在庙会上去卖艺：踢两趟腿，练套家伙，翻几个跟头，附带着卖点大力丸，混个三吊两吊的。有的实在闲不起了，去弄筐果子，或挑些毛豆角，赶早儿在街上论斤吆喝出去。那时候，米贱肉贱，肯卖膀子力气本来可以混个肚儿圆；他们可是不成：肚量既大，而且得吃口管事儿的；干饽饽辣饼子咽不下去。况且他们还时常去走会：五虎棍，开路，太狮少狮……虽然算不了什么——比起走镖来——可是到底有个机会活动活动，露露脸。是的，走会捧场是买脸的事，他们打扮得像个样儿，至少得有条青洋绉裤子，新漂白细市布的小褂，和一双鱼鳞洒鞋——顶好是青缎子抓地虎靴子。他们是神枪沙子龙的徒弟——虽然沙子龙并不承认——得到处露脸，走会得赔上俩钱，说不定还得打场架。没钱，上沙老师那里去求。沙老师不含糊，多少不拘，不让他们空着手儿走。可是，为打架或献技去讨教一个招数，或是请给说个"对子"——什么空手夺刀，或虎头钩进枪——沙老师有时说句笑话，马虎过去："教什么？拿开水浇吧！"有时直接把他们赶出去。他们不大明白沙老师是怎么了，心中也有点不乐意。

可是，他们到处为沙老师吹腾，一来是愿意使人知道他们的武艺有真传授，受过高人的指教；二来是为激动沙老师：万一有人不服气而找上老师来，老师难道还不露一两手真的吗？所以，沙老师一拳就砸倒了个牛！沙老师一脚把人踢到房上去，并没使多大的劲！他们谁也没见过这种事，但是说着说着，他们相信这是真的了，有年月，有地方，千真万确，敢起誓！

王三胜——沙子龙的大伙计——在土地庙拉开了场子，摆好了家伙。抹了一鼻子茶叶末色的鼻烟，他抡了几下竹节钢鞭，把场子打大一些。放下鞭，没向四围作揖，叉着腰念了两句："脚踢天下好汉，拳打五路英雄！"向四围扫了一眼："乡亲们，王三胜不是卖艺的；玩艺儿会几套，西北路上走过镖，会过绿林中的朋友。现在闲着没事，拉个场子陪诸位玩玩。有爱练的尽管下来，王三胜以武会友，有赏脸的，我陪着。神枪沙子龙是我的师傅；玩艺地道！诸位，有愿下来的没有？"他看着，准知道没人敢下来，他的话硬，可是那条钢鞭更硬，十八斤重。

王三胜，大个子，一脸横肉，努着对大黑眼珠，看着四周。大家不出声。他脱了小褂，紧了紧深月白色的"腰里硬"，把肚子杀进去。给手心一口唾沫，抄起大刀来：

"诸位，王三胜先练趟瞧瞧。不白练，练完了，带着的扔几个；没钱，给喊个好，助助威。这儿没生意口。好，上眼！"

大刀靠了身，眼珠努出多高，脸上绷紧，胸脯子鼓出，像两块老桦木根子。一跺脚，刀横起，大红缨子在肩前摆动。削砍劈拨。蹲越闪转，手起风生，忽忽直响。忽然刀在右手心上旋转，身弯下去，四围鸦雀无声，只有缨铃轻叫。刀顺过来，猛的一个"跺泥"，身子直挺，比众人高着一头，黑塔似的，收了势："诸位！"一手持刀，一手叉腰，看着四围。稀稀的扔下几个铜钱，他点点头。"诸位！"他等着，等着，地上依旧是那几个亮而削薄的铜钱，外层的人偷偷散去。他咽了口气："没人懂！"他低声地说，可是大家全听见了。

"有功夫！"西北角上一个黄胡子老头儿答了话。

"啊？"王三胜好似没听明白。

"我说，你——有——功——夫！"老头子的语气很不得人心。

放下大刀，王三胜随着大家的头往西北看。谁也没看重这个老人：小干巴个儿，披着件粗蓝布大衫，脸上窝窝瘪瘪，眼陷进去很深，嘴上几根细黄胡，肩上扛着条小黄草辫子，有筷子那么细，而绝对不像筷子那么直顺。王三胜可是看出这老家伙有功夫，脑门亮，眼睛亮——眼眶虽深，眼珠可黑得像两口小井，深深地闪着黑光。王三胜不怕：他看得出别人有功夫没有，可更相信自己的本事，他是沙子龙子下的大将。

"下来玩玩，大叔！"王三胜说得很得体。

点点头，老头儿往里走。这一走，四处全笑了。他的胳臂不大动；左脚往前迈，右脚随着拉上来，一步步地往前拉扯，身子整着，像是患过瘫痪病。蹭到场中，把大衫扔在地上，一点没理会四围怎样笑他。

"神枪沙子龙的徒弟，你说？好，让你使枪吧，我呢？"老头子非常的干脆，很像久想动手。

人们全回来了，邻场耍狗熊的无论怎么敲锣也不中用了。

"三截棍进枪吧？"王三胜要看老头子一手，三截棍不是随便就拿得起来的家伙。

老头子又点点头，拾起家伙来。

王三胜努着眼，抖着枪，脸上十分难看。

老头子的黑眼珠更深更小了，像两个香火头，随着面前的枪尖儿转，王三胜忽然觉得不舒服，那俩黑眼珠似乎要把枪尖吸进去！四处已围得风雨不透，大家都觉出老头子确是有威。为躲那对眼睛，王三胜耍了个枪花。老头子的黄胡子一动："请！"王三胜一扣枪，向前躬步，枪尖奔了老头子的喉头去，枪缨打了一个红旋。老人的身子忽然活展了，将身微偏，让过枪尖，前把一挂，后把擦王三胜的手。拍，拍，两响，王三胜的枪撒了手。场外叫了好。王三胜连脸带胸口全紫了，抄起枪来；一个花子，连枪带人滚了过来，枪尖奔了老人的中部。老头子的眼亮得发着黑光；腿轻轻一屈，下把掩裆，上把打着刚要抽回的枪杆；拍，枪又落在地上。

场外又是一片彩声。王三胜流了汗，不再去拾枪，努着眼，木在那里。老头子扔下家伙，拾起大衫，还是拉拉着腿，可是走得很快了，大衫搭在臂上，他过来拍了王三胜一下："还得练哪，伙计！"

"别走！"王三胜擦着汗："你不离，姓王的服了！可有一样，你敢会会沙老师？"

"就是为会他才来的！"老头子的干巴脸上皱起点来，似乎是笑呢。"走？收了吧，晚饭我请！"

王三胜把兵器拢在一处，寄放在变戏法二麻子那里，陪着老头子往庙外走。后面跟着不少人，他把他们骂散了。

“你老贵姓？”他问。

“姓孙哪，”老头子的话与人一样，都那么干巴。“爱练；久想会会沙子龙。”

沙子龙不把你打扁了！王三胜心里说。他脚底下加了劲，可是没把孙老头落下。他看出来，老头子的腿是老走着查拳门中的连跳步；交起手来，必定很快。但是，无论他怎么快，沙子龙是没对手的。准知道孙老头要吃亏，他心中痛快了些，放慢了些脚步。

“孙大叔贵处？”

“河间的，小地方。”孙老者也和气了些：月棍年刀一辈子枪，不容易见功夫！说“真的，你那两手就不坏！”

王三胜头上的汗又回来了，没言语。

到了客栈，他心中直跳，惟恐沙老师不在家，他急于报仇。他知道老师不爱管这种事，师弟们已碰过不少回钉子，可是他相信这回必定行，他是大伙计，不比那些毛孩子；再说，人家在庙会上点名叫阵，沙老师还能丢这个脸吗？

“三胜，”沙子龙正在床上看着本《封神榜》，“有事吗？”

三胜的脸又紫了，嘴唇动着，说不出话来。

沙子龙坐起来：“怎么了，三胜？”

“栽了跟头！”

只打了个不甚长的哈欠，沙老师没别的表示。

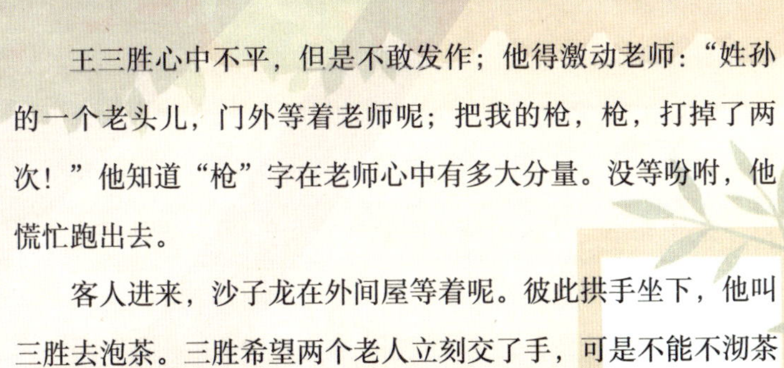

王三胜心中不平，但是不敢发作；他得激动老师：“姓孙的一个老头儿，门外等着老师呢；把我的枪，枪，打掉了两次！”他知道“枪”字在老师心中有多大分量。没等吩咐，他慌忙跑出去。

客人进来，沙子龙在外间屋等着呢。彼此拱手坐下，他叫三胜去泡茶。三胜希望两个老人立刻交了手，可是不能不沏茶去。孙老者没话讲，用深藏着的眼睛打量沙子龙。

沙子龙很客气：

“要是三胜得罪了你，不用理他，年纪还轻。”

孙老者有些失望，可也看出沙子龙的精明。他不知怎样好了，不能拿一个人的精明断定他的武艺。“我来领教领教枪法！”他不由地说出来。

沙子龙没接碴儿。王三胜提着茶壶走进来——急于看二人动手，他没管水开了没有，就沏在壶中。

“三胜，”沙子龙拿起个茶碗来，“去找小顺们去，天汇见，陪孙老者吃饭。”

“什么！”，王三胜的眼珠几乎掉出来。看了看沙老师的脸，他敢怒而不敢言地说了声“是啦！”走出去，撅着大嘴。

“教徒弟不易！”孙老者说。

“我没收过徒弟。走吧，这个水不开！茶馆去喝，喝饿了就吃。”沙子龙从桌子上拿起缎子褡裢，一头装着鼻烟壶，一头装着点钱，挂在腰带上。

“不，我还不饿！”孙老者很坚决，两个“不”字把小辫从肩上抡到后边去。

“说会子话儿。”

“我来为领教领教枪法。”

“功夫早搁下了，”沙子龙指着身上，“已经放了肉！”

“这么办也行，”孙老者深深地看了沙老师一眼：“不比武，教给我那趟五虎断魂枪。“

“五虎断魂枪？”沙子龙笑了：“早忘干净了！早忘干净了！告诉你，在我这儿住几天，咱们各处逛逛，临走，多少送点盘缠。”

“我不逛，也用不着钱，我来学艺！”孙老者立起来，“我练趟给你看看，看够得上学艺不够！”一屈腰已到了院中，把楼鸽都吓飞起去。拉开架子，他打了趟查拳：腿快，手飘洒，一个飞脚起去，小辫儿飘在空中，像从天上落下来一个风筝；快之中，每个架子都摆得稳、准，利落；来回六趟，把院子满都打到。走得圆，接得紧，身子在一处，而精神贯串到四面八方。抱拳收势，身儿缩紧，好似满院乱飞的燕子忽然归了巢。

“好！好！”沙子龙在台阶上点着头喊。

“教给我那趟枪！”孙老者抱了抱拳。

沙子龙下了台阶，也抱着拳：“孙老者，说真的吧；那条枪和那套枪都跟我入棺材，一齐入棺材！”

“不传？”

“不传！”

孙老者的胡子嘴动了半天，没说出什么来。到屋里抄起蓝布大衫，拉拉着腿：“打搅了，再会！”

“吃过饭走！”沙子龙说。

孙老者没言语。

沙子龙把客人送到小门，然后回到屋中，对着墙角立着的大枪点了点头。

他独自上了天汇，怕是王三胜们在那里等着。他们都没有去。

王三胜和小顺们都不敢再到土地庙去卖艺，大家谁也不再为沙子龙吹腾；反之，他们说沙子龙栽了跟头，不敢和个老头儿动手；那个老头子一脚能踢死个牛。不要说王三胜输给他，沙子龙也不是他的对手。不过呢，王三胜到底和老头子见了个高低，而沙子龙连句话也没敢说。“神枪沙子龙”慢慢似乎被人们忘了。

夜静人稀，沙子龙关好了小门，一气把六十四枪刺下来，而后，拄着枪，望着天上的群星，想起当年在野店荒林的威风。叹一口气，用手指慢慢摸着凉滑的枪身，又微微一笑：“不传！不传！”

读与思

社会在不停地向前发展，新鲜的事物不断涌现，旧的事物不可避免地会被淘汰。面对这种情况，有的人不断地充实自己，让自己跟上时代的步伐；有的人则待在原地，怨天尤人。如果是你，你会选择哪种做法呢？说出你的理由吧。

月牙儿（节选）

本文节选自老舍先生的中篇小说《月牙儿》。文章以天上的月牙儿为线索，通过主人公不同时期观看月牙儿的不同感受，讲述了生活在社会底层人们的命运，谱写了一曲凄美的悲歌。月牙儿本是无生命的自然之物，在文章里却成了主人公的朋友，主人公与之倾心交谈，其情感之感人、艺术技巧之精湛让读者叹为观止。

二

那第一次，带着寒气的月牙儿确是带着寒气。它第一次在我的云中是酸苦，它那一点点微弱的浅金光儿照着我的泪。那时候我也不过是七岁吧，一个穿着短红棉袄的小姑娘。戴着妈妈给我缝的一顶小帽儿，蓝布的，上面印着小小的花，我记得。我倚着那间小屋的门垛，看着月牙儿。屋里是药味，烟味，妈妈的眼泪，爸爸的病；我独自在台阶上看着月牙，没人招呼我，没人顾得给我作晚饭。我晓得屋里的惨凄，因为大家说爸爸的病……可是我更感觉自己的悲惨，我冷，饿，没人理我。一直的我立到月牙儿落下去。什么也没有了，我不能不哭。可是我的哭声被妈妈的压下去；爸，不出声了，面上蒙了块白布。我要掀开白布，再看看爸，可是我不敢。屋里只是那么点点地方，都被爸占了去。妈妈穿上白衣，我的红袄上也罩了个没缝襟边的白袍，我记得，因为不断地撕扯襟边上的白丝儿。大家都很忙，嚷嚷的声儿很高，哭得很恸，可是事情并不多，也似乎值不得嚷：爸爸就装入那么一个四块薄板的棺材里，到处都是缝子。然后，五六个人把他抬了走。妈和我在后边哭。我记得爸，记得爸的木匣。那个木匣结束了爸的一切：每逢我想起爸来，我就想到非打开那个木匣不能见着他。但是，那木匣是深深地埋在地里，我明知在城外哪个地方埋着它，可又像落在地上的一个雨点，似乎永难找到。

三

妈和我还穿着白袍，我又看见了月牙儿。那是个冷天，妈妈带我出城去看爸的坟。妈拿着很薄很薄的一罗儿纸。妈那天对我特别的好，我走不动便背我一程，到城门上还给我买了一些炒栗子。什么都是凉的，只有这些栗子是热的；我舍不得吃，用它们热我的手。走了多远，我记不清了，总该是很远很远吧。在爸出殡的那天，我似乎没觉得这么远，或者是因为那天人多；这次只是我们娘儿俩，妈不说话，我也懒得出声，什么都是静寂的；那些黄土路静寂得没有头儿。天是短的，我记得那个坟：小小的一堆儿土，远处有一些高土岗儿，太阳在黄土岗儿上头斜着。妈妈似乎顾不得我了，把我放在一旁，抱着坟头儿去哭。我坐在坟头的旁边，弄着手里那几个栗子。妈哭了一阵，把那点纸焚化了，一些纸灰在我眼前卷成一两个旋儿，而后懒懒地落在地上；风很小，可是很够冷的。妈妈又哭起来。我也想爸，可是我不想哭他；我倒是为妈妈哭得可怜而也落了泪。过去拉住妈妈的手："妈不哭！不哭！"妈妈哭得更恸了。她把我搂在怀里。眼看太阳就落下去，四外没有一个人，只有我们娘儿俩。妈似乎也有点怕了，含着泪，扯起我就走，走出老远，她回头看了看，我也转过身去：爸的坟已经辨不清了；土岗的这边都是坟头，一小堆一小堆，一直摆到土岗底下。妈妈叹了口气。我们紧走慢走，还没有走到城门，我看见了月牙儿。四外漆黑，没有声音，只有月牙儿放出一道儿冷光。我乏了，妈妈抱起我来。怎样进的城，我就不知道了，只记得迷迷糊糊的天上有个月牙儿。

四

刚八岁，我已经学会了去当东西。我知道，若是当不来钱，我们娘儿俩就不要吃晚饭；因为妈妈但凡有点主意，也不肯叫我去。我准知道她每逢交给我个小包，锅里必是连一点粥底儿也看不见了。我们的锅有时干净得像个体面的寡妇。这一天，我拿的是一面镜子。只有这件东西似乎是不必要的，虽然妈妈天天得用它。这是个春天，我们的棉衣都刚脱下来就入了当铺。我拿着这面镜子，我知道怎样小心，小心而且要走得快，当铺是老早就上门的。我怕当铺的那个大红门，那个大高长柜台。一看见那个门，我就心跳。可是我必须进去，似乎是爬进去，那个高门坎儿是那么高。我得用尽了力量，递上我的东西，还得喊："当当！"得了钱和当票，我知道怎样小心的拿着，快快回家，晓得妈妈不放心。可是这一次，当铺不要这面镜子，告诉我再添一号来。我懂得什么叫"一号"。把镜子搂在胸前，我拼命地往家跑。妈妈哭了；她找不到第二件东西。我在那间小屋住惯了，总以为东西不少；及至帮着妈妈一找可当的衣物，我的小心里才明白过来，我们的东西很少，很少。妈妈不叫我去了。可是"妈妈咱们吃什么呢？"妈妈哭着递给我她头上的银簪——只有这一件东西是银的。我知道，她拔下过来几回，都没肯交给我去当。这是妈妈出门子时，姥姥家给的一件首饰。现在，她把这末一件银器给了我，叫我把镜子放下。我尽了我的力量赶回当铺，那可怕的大门已经严严地关好了。我坐在那门墩上，握着那根银簪。不敢高声地哭，我看着天，啊，又是月牙儿照着我的眼泪！哭了好久，妈妈在黑影中来了，她拉住了我的手，哦，多么热的手，我忘了一切的苦处，连饿也忘了，只要有妈妈这只热手拉着我就好。我抽抽搭搭地说："妈！咱们回家睡觉吧。明儿早上再来！"妈一

声没出。又走了一会儿："妈！你看这个月牙；爸死的那天，它就是这么歪歪着。为什么她老这么斜着呢？"妈还是一声没出，她的手有点颤。

五

妈妈整天地给人家洗衣裳。我老想帮助妈妈，可是插不上手。我只好等着妈妈，非到她完了事，我不去睡。有时月牙儿已经上来，她还哼哧哼哧地洗。那些臭袜子，硬牛皮似的，都是铺子里的伙计们送来的。妈妈洗完这些"牛皮"就吃不下饭去。我坐在她旁边，看着月牙，蝙蝠专会在那条光儿底下穿过来穿过去，像银线上穿着个大菱角，极快的又掉到暗处去。我越可怜妈妈，便越爱这个月牙，因为看着它，使我心中痛快一点。它在夏天更可爱，它老有那么点凉气，像一条冰似的。我爱它给地上的那点小影子，一会儿就没了；迷迷糊糊的不甚清楚，及至影子没了，地上就特别的黑，星也特别的亮，花也特别的香——我们的邻居有许多花木，那棵高高的洋槐总把花儿落到我们这边来，像一层雪似的。

六

妈妈的手起了层鳞，叫她给搓搓背顶解痒痒了。可是我不敢常劳动她，她的手是洗粗了的。她瘦，被臭袜子熏的常不吃饭。我知道妈妈要想主意了，我知道。她常把衣裳推到一边，愣着。她和自己说话。她想什么主意呢？我可是猜不着。

读与思

人们常说：近朱者赤近墨者黑。有时候，环境确实可以改变一个人。但还有一句话叫“出淤泥而不染”，面对周围环境的恶劣，我们能做的不仅仅是逆来顺受，接受命运的安排，而要学会勇敢地与命运抗争，勇敢地战胜磨难。尽管这样会很辛苦，但从逆境走出来后，你会活得更体面更有尊严。你是怎样看待这个问题的？不妨和朋友讨论一下。

老张的哲学（节选）

《老张的哲学》是老舍的第一本小说，本文是其中的节选。主人公老张是旧北京一个无恶不作的无赖恶棍，所谓的“老张的哲学”，其内涵和实质不过是赤裸裸的市侩哲学。作者借幽默的笔锋，对于这种人的人格进行了入木三分的讽刺。

那是五月的天气，小太阳撅着血盆似的小红嘴，忙着和那东来西去的白云亲嘴。有的唇儿一挨慌忙地飞去；有的任着意偎着小太阳的红脸蛋；有的化着恶龙，张着嘴想把她一口吞了；有的变着小绵羊跑着求她的青眼。这样艳美的景色，可惜人们却不曾注意，那倒不是人们的错处，只是小太阳太娇羞了，太泼辣了，把要看的人们晒的满脸流油。于是富人们支起

凉棚索兴不看；穷人们倒在柳荫之下作他们的好梦，谁来惹这个闲气。

一阵阵的热风吹去的柳林蝉鸣，荷塘蛙曲，都足以增加人们暴燥之感。诗人们的幽思，在梦中引逗着落花残月，织成一片闲愁。富人们乘着火艳榴花，茧黄小蝶，增了几分雅趣。老张既无诗人的触物兴感，又无富人的及时行乐；只伸着右手，仰着头，数院中杏树上的红杏，以备分给学生作为麦秋学生家长送礼的提醒。至于满垂着红杏的一株半大的杏树，能否清清楚楚数个明白，我们不得而知，大概老张有些把握。

“咳！老张！”老张恰数到九十八上，又数了两个凑成一百，把大拇指捏在食指的第一节上，然后回头看了一看。这轻轻的一捏，慢慢的一转，四十多年人世的经验！“老四，屋里坐！”

“不！我还赶着回去，这两天差事紧的很！”

“不忙，有饭吃！”老张摇着蓄满哲理的脑袋，一字一珠的从薄嘴唇往外蹦。

“你盟兄李五才给我一个电话，新任学务大人，已到老五的衙门，这就下来，你快预备！我们不怕他们文面上的，可也不必故意冷淡他们，你快预备，我就走，改日再见。”那个人一面擦脸上的汗，一面往外走。

“是那位大……”老张赶了两步，要问个详细。

“新到任的那个。反正得预备，改天见！”那个人说着已走出院外。

老张自己冷静了几秒钟，把脑中几十年的经验匆匆地读了一遍，然后三步改作两步跑进北屋。

“小三！去叫你师娘预备一盆茶，放在杏树底下！快！小四！去请你爹，说学务大人就来，请他过来陪陪。叫他换上新鞋，听见没有？”小三，小四一溜烟似的跑出屋外。

“你们把《三字经》《百家姓》收起来，拿出《国文》，快！”

“《中庸》呢？”

“费话！旧书全收！快！”这时老张的一双小猪眼睁得确

比猪眼大多了。

“今天把国文忘了带来，老师！”

“该死！不是东西！不到要命的时候你不忘！《修身》也成！”

“《算术》成不成？”

“成！有新书的就是我爸爸！”老张似乎有些急了的样子。“王德！去拿扫帚把杏树底下的叶子都扫干净！李应！你是好孩子，拿条湿手巾把这群墨猴的脸全擦一把！快！”

拿书的拿书；扫地的扫地；擦脸的擦脸；乘机会吐舌头的吐舌；挤眼睛的挤眼；乱成一团，不亚于遭了一个小地震。老张一手摘黑板上挂着的军帽往头上戴，一手掀着一本《国文》找不认识的字。

“王德！你的字典？”

“书桌上那本红皮子的就是！”

“你瞎说！该死！我怎么找不着？”

“那不是我的书桌，如何找得到！”王德提着扫帚跑进来，把字典递给老张。

“你们的书怎样？预备好了都出去站在树底下！王德快扫！”老张一手按着字典向窗下看了一眼。“哈哈！叫你扫杏叶，你偷吃我的杏子。好！现在没工夫，等事情完了咱们算账！”

“不是我有意，是树上落下来的，我一抬头，正落在我嘴里。不是有心，老师！”

“你该死！快扫！”

“你一万个该死！你要死了，就把杏子都吃了！”王德自己嘟囔着说。

王德扫完了，茶也放在杏树下，而且摆上经年不用的豆绿茶碗十二个。小四的父亲也过来了，果然穿着新缎鞋。老张查完字典，专等学务大人驾到，心里越发的不镇静。

“王德！你在门口去了望。看见轿车或是穿长衫骑驴的，快进来告诉我。脸朝东，就是有黄蜂螫你的后脑海，也别回头！听见没有？”

“反正不是你脑袋。”王德心里说。

“李应！你快跑，到西边冰窖去买一块冰；要整的，不要碎块。”

“钱呢？”

“你衣袋里是什么？小孩子一点宽宏大量没有！”老张显示着作先生的气派。

李应看了看老张，又看了看小四的父亲——孙八爷——一语未发，走出去。

这时候老张才想起让孙八爷屋里去坐，心里七上八下地勉强着和孙八爷闲扯。

孙八爷看着有四十上下的年纪，矮矮的身量，圆圆的脸。

一走一耸肩，一高提脚踵，为的是显着比本来的身量高大而尊严。两道稀眉，一双永远发困的睡眼；幸亏有只高而正的鼻子，不然真看不出脸上有“一应俱全”的构造。一嘴的黄牙板，好似安着“磨光退色”的金牙；不过上唇的几根短须遮盖着，还不致金光普照。一件天蓝洋缎的长袍，罩着一件铜钮宽边的米色坎肩，童叟无欺，一看就知道是乡下的土绅士。

不大的工夫，李应提着一块雪白的冰进来。老张向孙八说：

“八爷来看看这一手，只准说好，不准发笑！”

孙八随着老张走进教室来。老张把那块冰接过来，又找了一块木板，一齐放在教室东墙的洋火炉里，打着炉口，一阵阵的往外冒凉气。

“八爷！看这一手妙不妙？洋炉改冰箱，冬暖夏凉，一物两用！”老张挑着大拇指，把眼睛挤成一道缝，那条笑的虚线从脸上往里延长，直到心房上，撞的心上痒了一痒，才算满足了自己的得意。

原来老张的洋炉，炉腔内并没有火瓦。冬天摆着，看一看就觉得暖和。夏天遇着大典，放块冰就是冰箱。孙八看了止不住地夸奖：“到底你喝过墨水，肚子里有货！”

正在说笑，王德飞跑的进来，堵住老张的耳朵，霹雳似的嚷了一声“来了！”同时老张、王德一人出了一身情感不同而结果一样的冷汗。

读与思

什么是哲学？哲学是现代社会科学的细分领域之一，是理论化、系统化的世界观。现在很多人把自己处世的一些方法称之为自己的“哲学”，实则是一种圆滑世故的处世态度，跟“哲学”毫无关系。你了解哲学吗？如果不了解，在阅读之后，有没有想要接触学习的想法呢？你认为的“哲学”又是什么呢？和朋友讨论一下吧。

骆驼祥子（节选）

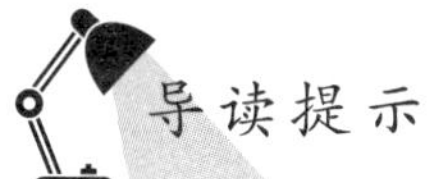

本文节选自老舍的长篇小说《骆驼祥子》。小说通过人力车夫祥子一生几起几落、最终沉沦的故事，揭露了旧社会底层人民的悲苦命运。在那个年代，劳动人民想通过自己的勤劳和个人奋斗来改变处境根本不可能。在选文里，作者通过细致入微的环境描写和细腻周到的心理描写，刻画出了“年轻好强，充满生命活力”的祥子对于未来生活的向往和期待。

已经是初冬天气，晚上胡同里叫卖糖炒栗子，落花生之外，加上了低悲的“夜壶呕”。夜壶挑子上带着瓦的闷葫芦罐儿，祥子买了个大号的。头一号买卖，卖夜壶的找不开钱，祥子心中一活便，看那个顶小的小绿夜壶非常有趣，绿汪汪的，也撅着小嘴，“不用找钱了，我来这么一个！”

放下闷葫芦罐，他把小绿夜壶送到里边去：“少爷没睡哪？送你个好玩艺！”

大家都正看着小文——曹家的小男孩——洗澡呢，一见这个玩艺都憋不住的笑了。曹氏夫妇没说什么，大概觉得这个玩艺虽然蠢一些，可是祥子的善意是应当领受的，所以都向他笑着表示谢意。高妈的嘴可不会闲着：

“你看，真是的，祥子！这么大个子了，会出这么高明的主意；多么不顺眼！”

小文很喜欢这个玩艺，登时用手捧澡盆里的水往小壶里灌：“这小茶壶，嘴大！”

大家笑得更加了劲。祥子整着身子——因为一得意就不知怎么好了——走出来。他很高兴，这是向来没有经验过的事，大家的笑脸全朝着他自己，仿佛他是个很重要的人似的。微笑着，又把那几块现洋搬运出来，轻轻的一块一块往闷葫芦罐里放，心里说：这比什么都牢靠！多咱够了数，多咱往墙上一碰；拍喳，现洋比瓦片还得多！

他决定不再求任何人。就是刘四爷那么可靠，究竟有时候显着别扭，钱是丢不了哇，在刘四爷手里，不过总有点不放心。钱这个东西像戒指，总是在自己手上好。这个决定使他痛快，觉得好像自己的腰带又杀紧了一扣，使胸口能挺得更直更硬。

天是越来越冷了，祥子似乎没觉到。心中有了一定的主意，眼前便增多了光明；在光明中不会觉得寒冷。地上初见冰

凌，连便道上的土都凝固起来，处处显出干燥，结实，黑土的颜色已微微发些黄，像已把潮气散尽。特别是在一清早，被大车轧起的土棱上镶着几条霜边，小风尖溜溜的把早霞吹散，露出极高极蓝极爽快的天；祥子愿意早早的拉车跑一趟，凉风飕进他的袖口，使他全身像洗冷水澡似的一哆嗦，一痛快，有时

候起了狂风，把他打得出不来气，可是他低着头，咬着牙，向前钻，像一条浮着逆水的大鱼；风越大，他的抵抗也越大，似乎是和狂风决一死战。猛的一股风顶得他透不出气，闭住口，半天，打出一个嗝，仿佛是在水里扎了一个猛子。打出这个嗝，他继续往前奔走，往前冲进，没有任何东西能阻止住这个巨人；他全身的筋肉没有一处松懈，像被蚂蚁围攻的绿虫，全身摇动着抵御。这一身汗！等到放下车，直一直腰，吐出一口长气，抹去嘴角的黄沙，他觉得他是无敌的；看着那裹着灰沙的风从他面前扫过去，他点点头。风吹弯了路旁的树木，撕碎了店户的布幌，揭净了墙上的报单，遮昏了太阳，唱着，叫着，吼着，回荡着！忽然直驰，像惊狂了的大精灵，扯天扯地的疾走；忽然慌乱，四面八方的乱卷，像不知怎好而决定乱撞的恶魔；忽然横扫，乘其不备的袭击着地上的一切，扭折了树枝，吹掀了屋瓦，撞断了电线；可是，祥子在那里看着；他刚从风里出来，风并没能把他怎样了！胜利是祥子的！及至遇上顺风，他只须拿稳了车把，自己不用跑，风会替他推转了车轮，像个很好的朋友。

自然，他既不瞎，必定也看见了那些老弱的车夫。他们穿着一阵小风就打透的，一阵大风就吹碎了的，破衣；脚上不知绑了些什么。在车口上，他们哆嗦着，眼睛像贼似的溜着，不论从什么地方钻出个人来，他们都争问，“车？！”拉上个买卖，他们暖和起来，汗湿透了那点薄而破的衣裳。一停住，他们的汗在背上结成了冰。遇上风，他们一步也不能抬，而生生的要曳着车走；风从上面砸下来，他们要把头低到胸口里去；风从下面来，他们的脚便找不着了地；风从前面来，手一扬就要放风筝；风从后边来，他们没法管束住车与自己。但是他们设尽了方法，用尽了力气，死曳活曳得把车拉到了地方，为几个铜子得破出一条命。一趟车拉下来，灰土被汗合成了泥，糊在脸上，只露着眼与嘴三个冻红了的圈。天是那么短，那么冷，街上没有多少人；这样苦奔一天，未必就能挣上一顿饱饭；可是年老的，家里还有老婆孩子；年小的，有父母弟妹！冬天，他们整个的是在地狱里，比鬼多了一口活气，而没有鬼那样清闲自在；鬼没有他们这么多的吃累！像条狗似的死在街头，是他们最大的平安自在；冻死鬼，据说，脸上有些笑容！

祥子怎能没看见这些呢。但是他没工夫为他们忧虑思索。他们的罪孽也就是他的，不过他正在年轻力壮，受得起辛苦，不怕冷，不怕风；晚间有个干净的住处，白天有件整齐的衣裳，所以他觉得自己与他们并不能相提并论，他现在虽是与他们一同受苦，可是受苦的程度到底不完全一样；现在他少受着罪，将来他还可以从这里逃出去；他想自己要是到了老年，决不至于还拉着辆破车去挨饿受冻。他相信现在的优越可以保障将来的胜利。正如在饭馆或宅门外遇上驶汽车的，他们不肯在一块儿闲谈；驶汽车的觉得有失身分，要是和洋车夫们有什么来往。汽车夫对洋车夫的态度，正有点像祥子的对那些老弱残兵；同是在地狱里，可是层次不同。他们想不到大家须立在一块儿，而是各走各的路，个人的希望与努力蒙住了各个人的眼，每个人都觉得赤手空拳可以成家立业，在黑暗中各自去摸索个人的路。祥子不想别人，不管别人，他只想着自己的钱与将来的成功。

街上慢慢有些年下的气象了。在晴明无风的时候，天气虽是干冷，可是路旁增多了颜色：年画，纱灯，红素蜡烛，绢制的头花，大小蜜供，都陈列出来，使人心中显着快活，可又有点不安；因为无论谁对年节都想到快乐几天，可是大小也都有些困难。祥子的眼增加了亮光，看见路旁的年货，他想到曹家必定该送礼了；送一份总有他几毛酒钱。节赏固定的是两块钱，不多；可是来了贺年的，他去送一送，每一趟也得弄个两毛三毛的。凑到一块就是个数儿；不怕少，只要零碎的进手；他的闷葫芦罐是不会冤人的！晚间无事的时候，他钉坑儿看着这个只会吃钱而不愿吐出来的瓦朋友，低声的劝告：“多多的吃，多多的吃，伙计！多咱你吃够了，我也就行了！”

年节越来越近了，一晃儿已是腊八。欢喜或忧惧强迫着人去计划，布置；还是二十四小时一天，可是这些天与往常不同，它们不许任何人随便的度过，必定要作些什么，而且都得朝着年节去作，好像时间忽然有了知觉，有了感情，使人们随着它思索，随着它忙碌。祥子是立在高兴那一面的，街上的热闹，叫卖的声音，节赏与零钱的希冀，新年的休息，好饭食的想象……都使他像个小孩子似的欢喜，盼望。他想好，破出块儿八毛的，得给刘四爷买点礼物送去。礼轻人物重，他必须拿着点东西去，一来为是道歉，他这些日子没能去看老头儿，因为宅里很忙；二来可以就手要出那三十多块钱来。破费一块来钱而能要回那一笔款，是上算的事。这么想好，他轻轻的摇了摇那个扑满，想象着再加进三十多块去应当响得多么沉重好听。是的，只要一索回那笔款来，他就没有不放心的事了！

一天晚上，他正要再摇一摇那个聚宝盆，高妈喊了他一声："祥子！门口有位小姐找你；我正从街上回来，她跟我直打听你。"等祥子出来，她低声找补了句："她像个大黑塔！怪怕人的！"

读与思 

很多人小时候可能都有过"存钱"的经历，偶然得到几个硬币或者从父母手里讨来一点零钱，便满心欢喜地捧着自己的存钱罐，小心翼翼地把零钱存进去。在这个过程中，令我们高兴的不仅是钱本身，其实也是对"未来"的一种向往和期待。你还记得当时的心情吗？不妨和朋友交流一下。

四世同堂（节选）

《四世同堂》是老舍创作的一部长篇小说，本文节选自小说第一章。小说以北平小羊圈胡同为背景，通过复杂的矛盾纠葛，以胡同内的祁家为主，刻画了当时社会各阶层众多普通人的形象。在选文中，通过“祁老太爷”和“小顺子的妈”之间的对话，将“祁老太爷”这个人物刻画得生动形象，树立起了“北京老派市民”的典型形象。

祁老太爷什么也不怕，只怕庆不了八十大寿。在他的壮年，他亲眼看见八国联军怎样攻进北京城。后来，他看见了清朝的皇帝怎样退位，和接续不断的内战；一会儿九城的城门紧闭，枪声与炮声日夜不绝；一会儿城门开了，马路上又飞驰着得胜的军阀的高车大马。战争没有吓倒他，和平使他高兴。逢节他要过节，遇年他要祭祖，他是个安分守己的公民，只求消消停停的过着不至于愁吃愁穿的日子。即使赶上兵荒马乱，他也自有办法：最值得说的是他的家里老存着全家够吃三个月的粮食与咸菜。这样，即使炮弹在空中飞，兵在街上乱跑，他也会关上大门，再用装满石头的破缸顶上，便足以消灾避难。

为什么祁老太爷只预备三个月的粮食与咸菜呢？这是因为在他的心理上，他总以为北平是天底下最可靠的大城，不管有什么灾难，到三个月必定灾消难满，而后诸事大吉。北平的灾难恰似一个人免不了有些头疼脑热，过几天自然会好了的。不信，你看吧，祁老太爷会屈指算计：直皖战争有几个月？直奉战争又有好久？啊！听我的，咱们北平的灾难过不去三个月！

七七抗战那一年，祁老太爷已经七十五岁。对家务，他早已不再操心。他现在的重要工作是浇浇院中的盆花，说说老年间的故事，给笼中的小黄鸟添食换水，和携着重孙子孙女极慢极慢的去逛大街和护国寺。可是，芦沟桥的炮声一响，他老人家便没法不稍微操点心了，谁教他是四世同堂的老太爷呢。

儿子已经是过了五十岁的人，而儿媳的身体又老那么病病歪歪的，所以祁老太爷把长孙媳妇叫过来。老人家最喜欢长孙媳妇，因为第一，她已给祁家生了儿女，教他老人家有了重孙子孙女；第二，她既会持家，又懂得规矩，一点也不像二孙媳妇那样把头发烫得烂鸡窝似的，看着心里就闹得慌；第三，儿子不常住在家里，媳妇又多病，所以事实上是长孙与长孙媳妇当家，而长孙终日在外教书，晚上还要预备功课与改卷子，那么一家十口的衣食茶水，与亲友邻居的庆吊交际，便差不多都由长孙媳妇一手操持了；这不是件很容易的事，所以老人天公地道的得偏疼点她。还有，老人自幼长在北平，耳习目染的和旗籍人学了许多规矩礼路：儿媳妇见了公公，当然要垂手侍立。可是，儿媳妇既是五十多岁的人，身上又经常的闹着点病；老人若不教她垂手侍立吧，便破坏了家规；教她立规矩

吧，又于心不忍，所以不如干脆和长孙媳妇商议商议家中的大事。

祁老人的背虽然有点弯，可是全家还属他的身量最高。在壮年的时候，他到处都被叫作“祁大个子”。高身量，长脸，他本应当很有威严，可是他的眼睛太小，一笑便变成一条缝子，于是人们只看见他的高大的身躯，而觉不出什么特别可敬畏的地方来。到了老年，他倒变得好看了一些：黄暗的脸，雪白的须眉，眼角腮旁全皱出永远含笑的纹溜；小眼深深的藏在笑纹与白眉中，看去总是笑眯眯的显出和善；在他真发笑的时候，他的小眼放出一点点光，倒好像是有无限的智慧而不肯一下子全放出来似的。

把长孙媳妇叫来，老人用小胡梳轻轻的梳着白须，半天没有出声。老人在幼年只读过三本小书与六言杂字；少年与壮年吃尽苦处，独力置买了房子，成了家。他的儿子也只在私塾读过三年书，就去学徒；直到了孙辈，才受了风气的推移，而去入大学读书。现在，他是老太爷，可是他总觉得学问既不及儿子——儿子到如今还能背诵上下《论语》，而且写一笔被算命先生推奖的好字——更不及孙子，而很怕他们看不起他。因此，他对晚辈说话的时候总是先楞一会儿，表示自己很会思想。对长孙媳妇，他本来无须这样，因为她识字并不多，而且一天到晚嘴中不是叫孩子，便是谈论油盐酱醋。不过，日久天长，他已养成了这个习惯，也就只好教孙媳妇多站一会儿了。

长孙媳妇没入过学校，所以没有学名。出嫁以后，才由她的丈夫像赠送博士学位似的送给她一个名字——韵梅。韵梅两个字仿佛不甚走运，始终没能在祁家通行得开。公婆和老太爷自然没有喊她名字的习惯与必要，别人呢又觉得她只是个主妇，和“韵”与“梅”似乎都没多少关系。况且，老太爷以为“韵梅”和“运煤”既然同音，也就应该同一个意思，“好吗，她一天忙到晚，你们还忍心教她去运煤吗？”这样一来，连她的丈夫也不好意思叫她了，于是她除了“大嫂”“妈妈”等应得的称呼外，便成了“小顺儿的妈”；小顺儿是她的小男孩。

小顺儿的妈长得不难看，中等身材，圆脸，两只又大又水灵的眼睛。她走路，说话，吃饭，作事，都是快的，可是快得并不发慌。她梳头洗脸擦粉也全是快的，所以有时候碰巧了把粉擦得很匀，她就好看一些；有时候没有擦匀，她就不大顺眼。当她没有把粉擦好而被人家嘲笑的时候，她仍旧一点也不发急，而随着人家笑自己。她是天生的好脾气。

祁老人把白须梳够，又用手掌轻轻擦了两把，才对小顺儿的妈说：

“咱们的粮食还有多少啊？”

小顺儿的妈的又大又水灵的眼很快的转动了两下，已经猜到老太爷的心意。很脆很快的，她回答：

“还够吃三个月的呢！”

其实，家中的粮食并没有那么多。她不愿因说了实话，而惹起老人的罗嗦。对老人和儿童，她很会运用善意的欺骗。

“咸菜呢？”老人提出第二个重要事项来。

她回答得更快当：“也够吃的！干疙疸，老咸萝卜，全还有呢！”她知道，即使老人真的要亲自点验，她也能马上去买些来。

“好！”老人满意了。有了三个月的粮食与咸菜，就是天塌下来，祁家也会抵抗的。可是老人并不想就这么结束了关切，他必须给长孙媳妇说明白了其中的道理：

“日本鬼子又闹事哪！哼！闹去吧！庚子年，八国联军打进了北京城，连皇上都跑了，也没把我的脑袋掰了去呀！八国都不行，单是几个日本小鬼还能有什么蹦儿？咱们这是宝地，多大的乱子也过不去三个月！咱们可也别太粗心大胆，起码得有窝头和咸菜吃！”

老人说一句，小顺儿的妈点一次头，或说一声“是”。老人的话，她已经听过起码有五十次，但是还当作新的听。老人一见有人欣赏自己的话，不由得提高了一点嗓音，以便增高感动的力量：

“你公公，别看他五十多了，论操持家务还差得多呢！你婆婆，简直是个病包儿，你跟她商量点事儿，她光会哼哼！这一家，我告诉你，就仗着你跟我！咱们俩要是不操心，一家子连裤子都穿不上！你信不信？”

小顺儿的妈不好意思说“信”，也不好意思说“不信”，只好低着眼皮笑了一下。

“瑞宣还没回来哪？”老人问。瑞宣是他的长孙。

“他今天有四五堂功课呢。”她回答。

“哼！开了炮，还不快快的回来！瑞丰和他的那个疯娘们呢？”老人问的是二孙和二孙媳妇——那个把头发烫成鸡窝似的妇人。

“他们俩——”她不知道怎样回答好。

“年轻轻的公母俩，老是蜜里调油，一时一刻也离不开，真也不怕人家笑话！”

小顺儿的妈笑了一下：“这早晚的年轻夫妻都是那个样儿！”

“我就看不下去！”老人斩钉截铁地说。“都是你婆婆宠得她！我没看见过，一个年轻轻的妇道一天老长在北海，东安市场和——什么电影园来着？”

“我也说不上来！”她真说不上来，因为她几乎永远没有看电影去的机会。

“小三儿呢？”小三儿是瑞全，因为还没有结婚，所以老人还叫他小三儿；事实上，他已快在大学毕业了。

“老三带着妞子出去了。”妞子是小顺儿的妹妹。

“他怎么不上学呢？”

“老三刚才跟我讲了好大半天，说咱们要再不打日本，连北平都要保不住！”小顺儿的妈说得很快，可是也很清楚。“说的时候，他把脸都气红了，又是搓拳，又是磨掌的！我就直劝他，反正咱们姓祁的人没得罪东洋人，他们一定不能欺侮到咱们头上来！我是好意这么跟他说，好教他消消气；喝，哪知道他跟我瞪了眼，好像我和日本人串通一气似的！我不敢再言语了，他气哼哼地扯起妞子就出去了！您瞧，我招了谁啦？”

老人愣了一小会儿，然后感慨着说：“我很不放心小三儿，怕他早晚要惹出祸来！”

正说到这里，院里小顺儿撒娇地喊着：

“爷爷！爷爷！你回来啦？给我买桃子来没有？怎么，没有？连一个也没有？爷爷你真没出息！”

小顺儿的妈在屋中答了言：“顺儿！不准和爷爷讪脸！再胡说，我就打你去！”

小顺儿不再出声，爷爷走了进来。小顺儿的妈赶紧去倒茶。爷爷（祁天佑）是位五十多岁的黑胡子小老头儿。中等身材，相当的富泰，圆脸，重眉毛，大眼睛，头发和胡子都很重很黑，很配作个体面的铺店的掌柜的——事实上，他现在确是一家三间门面的布铺掌柜。他的脚步很重，每走一步，他的脸上的肉就颤动一下。作惯了生意，他的脸上永远是一团和气，鼻子上几乎老拧起一旋笑纹。今天，他的神气可有些不对。他还要勉强的笑，可是眼睛里并没有笑时那点光，鼻子上的一旋笑纹也好像不能拧紧；笑的时候，他几乎不敢大大方方地抬起头来。

“怎样？老大！”祁老太爷用手指轻轻地抓着白胡子，就手儿看了看儿子的黑胡子，心中不知怎的有点不安似的。

黑胡子小老头很不自然地坐下，好像白胡子老头给了他一些什么精神上的压迫。看了父亲一眼，他低下头去，低声的说：

“时局不大好呢！”

“打得起来吗？”小顺儿的妈以长媳的资格大胆的问。

“人心很不安呢！”

祁老人慢慢地立起来：“小顺儿的妈，把顶大门的破缸预备好！”

读与思

和谐安定的生活环境是所有人都渴望拥有的。俗话说：国泰民安。国家太平了，人民才能安乐。然而，直到现在仍有一些国家处在战乱中，人民流离失所，饱受其苦。为了让我们正在享受的来之不易的和平生活变得更加美好，你应该做出哪些努力呢？快来和朋友讨论一下吧。

老舍

开掘京味小说的创作源头

老舍，原名舒庆春，字舍予，1899年2月3日生于北京。

老舍是满洲正红旗人，他的父亲是一名满族的护军，在八国联军攻打北京城的战争中阵亡，全家靠母亲替人洗衣裳做活计维持生活，在大杂院里度过了艰难的幼年和少年时代。因此他非常熟悉社会底层的市民生活，也对在市井里流行的戏曲和民间艺术很感兴趣，这对他日后创作风格的形成很有帮助。

1913年，老舍考入了京师第三中学（现北京三中），数月后因经济困难退学，同年考取公费的北京师范学校。1918年毕业后，被派任到方家胡同小学当校长。两年之后，被任命为京师教育局北郊劝学员，但是由于难和教育界及地方上的旧势力共事，不久后他辞去职务，重新回到学校教书。

1923年1月，老舍的第一篇短篇小说《小铃儿》发表于《南开季刊》第2、3合期，署名舍予。1924年夏，老舍赴英国，任伦敦大学东方学院汉语教师。此后开启了五年旅居英国的生活，他的眼界在这个期间被打开，也激发了他的创作兴趣。

1926年，老舍在《小说月报》上连载长篇小说《老张的哲学》，第1期署名“舒庆春”，第2期起改“老舍”。接着又创作了另外的两部长篇小说《赵子曰》《二马》。1930年老舍回国，自此到20世纪30年代中期，创作进入了鼎盛的阶段。1932年，创作《猫城记》，并在《现代》杂志连载。此后几年，老舍陆续创作了《离婚》和《月牙儿》等作品，1936年的《骆驼祥子》是他出色的作品，也是现代文史上优秀的长篇小说。

抗日战争直接影响了老舍的人生轨迹。1938年，老舍被选为中华全国文艺界抗敌协会常务理事兼总务部主任，积极参加抗战文艺工作，并随文协迁往重庆。20世纪40年代，老舍最主要的长篇小说创作是《四世同堂》，20世纪五六十年代还坚持写作，话剧《茶馆》、小说《正红旗下》（未完成）也是他的代表作品。老舍一生共写了一千多篇（部）作品，非常高产，据统计，他的创作共七八百万字。

1966年8月24日，老舍在“文化大革命”中不忍屈辱，自沉于北京太平湖。1978年得到平反，恢复“人民艺术家”的称号。墓碑上刻写着老舍自己的一句话：“文艺界尽责的小卒，睡在这里。”

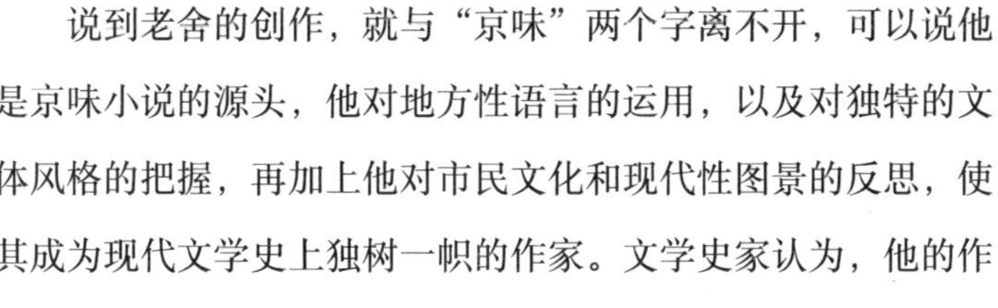

说到老舍的创作，就与“京味”两个字离不开，可以说他是京味小说的源头，他对地方性语言的运用，以及对独特的文体风格的把握，再加上他对市民文化和现代性图景的反思，使其成为现代文学史上独树一帜的作家。文学史家认为，他的作品标志着我国现代长篇小说“在民族化与个性化的追求中已经取得了重要的突破”。

现代文学版图中，很多作家会提到城市与人的关系，北京、上海这两座现代文学史上的重镇也多次被作家提及和描写，但像老舍这样专注地描写“城与人”的关系，并集中于展现北京这座特殊城市的作家极为少见，可以说是现代文学史上独一无二的现象。

《骆驼祥子》《四世同堂》是描写北京“城与人”故事的代表作品，其中展现了多重市民的形象。值得注意的是，老舍不太像20世纪二三十年代大多数文学作家一样，用社会现实阶层或阶级的分类剖析市民社会，而是从文化视角切入，展现不同类型市民的文化基础，以及他们受各自文化影响下所产生的生活方式，展开不同文化背景的人们在面临西方现代文明冲击时，所产生的精神困境。

城市底层市民、老派市民和新派市民是老舍经常描摹的几类人物形象。说起底层市民（贫民），《骆驼祥子》是一部不可忽视的作品，祥子、老马、剃头匠、拳师还有妓女小福子，老舍在小说中塑造了一系列的底层市民形象，并且在叙事中难掩浓郁的悲剧性色彩。通过阅读祥子的一生和其他底层贫民的遭遇，人们可以看到20世纪二三十年代中国城市社会的生活情状与黑暗的图景。并且，老舍并不是为了描写黑暗而描写黑暗，他在书写中在思考西方现代性被引入后的“城市文明病”，集中体现在对于主线人物祥子的塑造中，老舍勾勒出一个破产的农民如何走向城市，如何成为了城市中最底层的无产者，如何向往温饱的生活，但在努力中一步一步走向毁灭。

老派市民和新派市民也是老舍塑造得入木三分的形象。早年老舍在英国写成的长篇小说《二马》，就塑造了一个懒散、迷信的“奴才式的”人物老马，他信奉的信条是得过且过。老舍把这个主人公放在异国的背景中，更能体现他对国民性做出的反思。《四世同堂》中也有一个典型的北京老派市民的形象——祁老太爷。他也体现出怯懦的性格，即便日本人打到北京城，他也只想到囤粮、堵院门，以为这样就可以万事大吉。他内心的信条是：“别管天下怎么乱，咱们北京人决不能忘了礼节！”老北京人“论礼”、讲究排场，甚至和气生财到逆来顺受的性格特质被老舍描摹得极为到位。

出现在老舍笔下的“新派市民”，则是接受了西方资本主义思想浸润的人们，老舍对这些新派市民并非持肯定的态度，而是描写他们一味追求洋气的生活，有的爱穿西装、爱跳舞，关注影戏园子里的广告，肤浅和类型化是他们的一大特色。由此可以看出，老舍对西方文明的引入，保持这一些抗拒和反思的态度，他能敏锐地观察到西方文明被引入时裹挟的“副产品”，以及对传统中国人思想的侵害。从思想内含上来说，老舍本人秉持的是相对传统的到道德观，但从客观上来说，老舍的观察是有现实依据的。

无论描写哪一种市民形象，老舍的笔法都极具北京味儿。文学史家认为，老舍、茅盾与巴金的长篇小说，构成了现代长篇小说艺术的三大高峰，而老舍的贡献并不在于小说的结构，就在于他幽默、京味儿的文体风格。有人称老舍是“语言大师”，他确实对北京市民语言和民间文艺极为热爱和熟悉，创造性地运用了北京市民的俗语、口头语，再把他们提炼出讲究、精致的味道，他自己就曾说，“把顶平凡的话调动得生动有力”。他非常成功地把语言的通俗性和文学性结合在一起，既通俗又不粗俗，使用的句子明明是凝练过的，却像家常用语一样好懂，中国现代的白话文写作，在老舍这里达到了极高的成就。

幽默也是老舍写作的重要文风，在阅读老舍的作品时，常常觉得忍俊不禁，读后又能够陷入深思。因为老舍能把幽默、戏谑、讽刺结合在一起，在语言上引人入胜的同时，在思想上也有深究的余地。这和老北京人“打哈哈”的性格特征是很相似的，即便对现实不满，也能通过自嘲或幽默，化解眼前的悲愤。在老舍看来，幽默是生命的润滑剂，笑声可以让人生的艰辛看起来不那么强烈。

当然，这种风格不是一朝一夕形成的。老舍在鼎盛期的创作，达到了圆融的艺术境界，但在早期的创作中，偶尔可以发现老舍有意为之的幽默痕迹，阅读体验会稍显“油腻”。老舍自己也注意到了这一点，并曾经为此深深苦恼。经过反复的思索和写作尝试，老舍找到了“健康”的幽默形式，让幽默的笔触回归生活，进而在幽默中体现思想的深度。

老舍年表

- 1899年2月3日，老舍生于北京。原名舒庆春，字舍予。满族正红旗人。
- 1913年夏，考入北京师范学校。
- 1918年毕业后被派任方家胡同小学校长。
- 1920年12月，被任命为教育部通俗教育研究会会员。
- 1922年9月，在南开中学教国文。
- 1923年1月，第一篇短篇小说《小铃儿》发表于《南开季刊》第2、3合期，署名舍予。
- 1924年夏，赴英国。任伦敦大学东方学院汉语教师。
- 1926年7月，《老张的哲学》（长篇）连载于《小说月报》第17卷第7号至12号。

- 1927年3月，《赵子曰》连载于《小说月报》第18卷第3号至8号，10、11号。
- 1929年5月，《二马》连载于《小说月报》第20卷第5号至12号。同年夏，离英回国，途中在新加坡滞留半年，任中学教员。
- 1930年春，离新加坡回国，在山东济南齐鲁大学文学院任副教授。7月，任山东齐鲁大学文学院教授。边教学边写作。
- 1931年1月，《小坡的生日》连载于《小说月报》第22卷第1至4号。
- 1932年8月，《猫城记》连载于《现代》第1卷第4期至第2卷第6期。
- 1933年8月，《离婚》由良友图书印刷公司出版。
- 1934年9月，到青岛山东大学任中国文学系教授。同月《赶集》（短篇集）由良友图书印刷公司出版。
- 1935年4月，短篇小说《月牙儿》在天津《国闻周报》发表。8月，《樱海集》（短篇集）由人间书屋出版。
- 1936年，辞去山东大学教职，从事专业写作。9月，《骆驼

祥子》连载于《宇宙风》第25至第48期。11月《蛤藻集》（短篇集）由开明书店出版。

- 1937年8月，由青岛返回济南齐鲁大学任教。11月，济南失陷前夕，只身奔赴武汉。
- 1938年3月，老舍被选为中华全国文艺界抗敌协会常务理事兼总务部主任。7月，随“文协”迁往重庆。
- 1939年6月，随慰劳总会北路慰问团去西北，曾到陕甘宁抗日根据地。
- 1944年4月，“文协”为老舍创作二十周年举行了纪念会，《新华日报》发表短评：《作家的创作生命——贺老舍先生创作廿周年》。11月，《惶惑》（《四世同堂》第一部）连载于《扫荡报》11月10日至1945年9月2日。
- 1946年11月，《偷生》（《四世同堂》第二部）由晨光出版公司出版。
- 1947年1月，《我这一辈子》由惠群出版社出版。4月，《微神集》由晨光出版公司出版。
- 1948年9月，《月牙集》由晨光出版公司出版。12月，《老舍戏剧集》由晨光出版公司出版。

- 1950年3月中国民间文学研究会成立，当选为副理事长。5月，北京市文联成立，当选为市文联主席。同月，《饥荒》(《四世同堂》第三部)连载于《小说》第4卷第1至第6期。9月，《龙须沟》(三幕话剧)连载于《北京文艺》第1卷第1至第3期。
- 1951年12月，北京市人民政府授予“人民艺术家”荣誉奖状。
- 1953年10月，当选为全国文联副主席和中国作家协会副主席。
- 1957年7月，《茶馆》(三幕话剧)发表于《收获》第1期。
- 1966年8月24日，“文革”中受迫害自沉于北京太平湖。
- 1978年，老舍得到平反，恢复“人民艺术家”的称号。

图书在版编目（CIP）数据

老舍精读 / 老舍著. -- 兰州 : 读者出版社, 2022.2
（大家经典导读 / 谢冕主编）
ISBN 978-7-5527-0664-2

Ⅰ. ①老… Ⅱ. ①老… Ⅲ. ①老舍（1899-1966）— 文学欣赏 Ⅳ. ①I206.7

中国版本图书馆CIP数据核字（2021）第244272号

大家经典导读·老舍精读
谢 冕 主编
解玺璋 副主编
老 舍 著

总 策 划 禹成豪 曹文静
责任编辑 房金蓉
封面设计 万 聪

出版发行 读者出版社
地 址 兰州市城关区读者大道568号（730030）
邮 箱 readerpress@163.com
电 话 0931-2131529（编辑部） 0931-2131507（发行部）

印 刷 朗翔印刷（天津）有限公司
规 格 开本 880 毫米 × 1230 毫米 1/32
印张 6.25 字数 166 千
版 次 2022 年 2 月第 1 版
2022 年 2 月第 1 次印刷
书 号 ISBN 978-7-5527-0664-2
定 价 49.80元